·21世纪高等学校创新教材·

工程制图习题课教程
（第三版）

王　琳　朱建霞　姚　勇　主编

科学出版社

北　京

内 容 简 介

本书为《工程制图》(第三版)配套习题课教程,依照高等学校工科工程制图课程教学指导委员会制定的教学基本要求,采用了最新的国家标准。针对学生在工程制图课程学习中基本理论易懂,实践起来困难重重这一实际情况,按照科学出版社《工程制图》(第三版)各章内容展开编写,每章含学习目的、基本要求、学习要点和学习方法、例题、习题五大部分,总结了每章的重点、难点,精选范例,给予了学习方法的指导。

本书是高等学校近机械类和非机械类各专业工程制图课程的习题课教材,也可作为高职高专、网络学院等院校相关专业教材或参考书。

《工程制图》(第三版)和《工程制图习题课教程》(第三版)一起,配有电子教材。

图书在版编目(CIP)数据

工程制图习题课教程/王琳,朱建霞,姚勇主编. —3 版.—北京:科学出版社,2011.2

21 世纪高等学校创新教材

ISBN 978-7-03-030133-8

Ⅰ.工…　Ⅱ.①王…②朱…③姚…　Ⅲ.工程制图-高等学校-习题

Ⅳ. TB23-44

中国版本图书馆 CIP 数据核字(2011)第 015210 号

责任编辑:王雨舸/责任校对:董艳辉
责任印制:彭　超/封面设计:苏　波

科 学 出 版 社 出版

北京东黄城根北街 16 号
邮政编码:100717
http://www.sciencep.com

武汉市新华印刷有限责任公司印刷
科学出版社发行　各地新华书店经销

*

2011 年 2 月第 三 版　开本:787×1092 1/16
2011 年 2 月第四次印刷　印张:12 插页:2
印数:12 801～17 800　字数:293 000

定价:20.80 元
(如有印装质量问题,我社负责调换)

《工程制图习题课教程》(第三版)编委会

主　编	王　琳	朱建霞	姚　勇	
副主编	王慧源	郑　芳	朱希夫	
编　委	王　琳	朱建霞	姚　勇	王慧源
	郑　芳	朱希夫	黄　丽	祁型虹
	余小琴	吴　飞	范　林	游险峰
	匡　珑	张锦光	王洪成	杨红涛
	万　勇	胡　敏	冯贵层	王　静
	李　新	陈　全	李　茂	张小宝

第三版前言

《工程制图习题课教程》(第三版)是依据高等学校工科工程制图课程教学指导委员会制订的《工程制图教学基本要求》,在2006年第二版的基础上,并在总结近几年的教学改革成果和吸收了多本同类教材的精华的基础上改编而成。

本书与《工程制图》(第三版)教材配套使用。其编排顺序与教材体系保持一致,相互配合,使教与学相统一,学与练相促进。在习题的选编上,加强了对基本知识和基本内容的分析和练习,充分培养读者的分析问题能力和空间想象能力。

本书针对学生在学习《工程制图》时普遍存在的理论知识易懂,实际解题困难重重的现象,精选例题,通过不同层次的典型实例,由详到略、循序渐进,突出重点,引导学生抓住关键,解决难点,注重总结规律性的东西,把握工程制图的解题思路和基本方法。本版仍保持了第二版的主要特色,根据《工程制图》教材的修订做了相应的改编,形成了如下的主要特色:

(1)总结了每章的重点、难点,精选范例,并给予学习方法的指导。相应教学内容都配有适量的习题,内容丰富,形式多样,由易到难,满足了不同读者的需要,更加符合循序渐进的学习规律。

(2)选题新颖,符合学生的认识规律,对每个知识点进行归纳总结,有利于学生把握工程图学的总体内容。

(3)与本教程配套的多媒体光盘,图文并茂地再现了全部习题解答和立体图,为读者的自学和自我检测提供了方便。

(4)用新的三维绘画软件更新了模型库,新的模型不仅色彩丰富,而且精度高、质感好、形象逼真,并将复杂形体的外形与内腔、各部分连接及变化关系直观、清晰、生动,使读者更易理解和掌握。

(5)教程中通过"一题多解"的习题练习,以培养学生的扩散思维、辐射思维、创新思维以及求异思维的能力。

(6)通过表达方法的综合练习,有意识地帮助学生对典型材料进行分析、综合、抽象和概括,以培养学生的集中思维、求同思维能力。

(7)教程中配有模拟试卷,以帮助读者自我检测本课程的学习效果和对该课程基本内容的把握能力。

本书由王琳、朱建霞、姚勇任主编,王慧源、郑芳、朱希夫任副主编。参加本书编写的有:黄丽、祁型虹、余小琴、吴飞、范林、游险峰、匡珑、张锦光、王洪成、杨红涛、万勇、胡敏、冯贵层、王静、李新、陈全、李茂、张小宝。王琳、黄丽、朱建霞、郑芳负责全书的策划及统稿、定稿。

武汉理工大学机电工程学院工程图学部的老师们在本书的编写过程中提出了许多宝贵的意见和建议,在此表示感谢。本书参考了一些国内外相关的著作,特向有关作者表示致意。

限于我们的水平,书中不妥之处,诚恳地欢迎读者批评指正。

编　者

2011年2月

目　　录

第一章　制图的基本知识和技能

制图基础包括基本作图训练、机件的表示方法和组合体尺寸标注等三个教学单元,这一部分的主要内容是基本作图训练。

一、学习目的

学习有关制图标准的基本规定;学习绘图工具的使用方法以及使用仪器绘图的基本操作方法和技能。

二、基本要求

本章主要要求掌握绘图的基本知识与技能,由开始书写文字到基本图形的绘制,每一步骤都要经过一定的练习才能达到目的。要求:图形正确、布置适当、线型合格、字体工整、尺寸完整、符合国标、连接光滑、图面整洁。在学习的过程中,逐步掌握绘图工具的使用以及使用仪器绘图的基本操作方法和技能(包括布图、打底稿、加深等),为今后画图打下良好的基础。

三、学习要点和学习方法

1. 学习要点

(1)熟悉国家标准中规定的图纸幅面代号、比例、字体、图线等。

(2)掌握尺寸标注的基本规则,如尺寸线、尺寸界线、箭头的画法以及尺寸数字的注写规则。学习直径尺寸、半径尺寸、角度尺寸及小尺寸的标注方法。

(3)学习长仿宋体、拉丁字母、希腊字母、阿拉伯数字的正确书写方法。

2. 学习方法

本章理论性的内容较少,主要是学习绘图的技能和练习绘图的操作方法。针对这一特点,首先要了解练习绘图基本功的意义,树立严肃的工作态度,培养严谨的工作作风。

四、画平面图形举例

平面图形常由很多线段连接而成,要画好平面图形,就应对这些图形进行分析:一是分析平面图形的尺寸,二是分析平面图形的线段。

1. 平面图形的尺寸分析

平面图形的尺寸,按其在图中所起的作用分为定形尺寸和定位尺寸两大类。定形尺寸是确定各部分形状大小的尺寸,如直线的长度、圆及圆弧的直径或半径、角度的大小等。定位尺寸是确定图形各部分之间相对位置的尺寸。如图 1-1 所示,$R15$,$R50$,$R10$,$\phi20$,$\phi5$,15 等为定形尺寸;8,75,$\phi30$ 等则为定位尺寸。

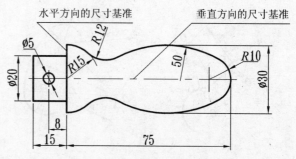

图 1-1　手柄的平面图形

分析尺寸要注意分析尺寸的基准,所谓基准就是标注尺寸的起点。对平面图形来说,一般都有水平和垂直两个方向的基准,图 1-1 所示的手柄是以水平对称轴线作为垂直方向的尺寸基准,以中间的铅垂线作为水平方向的尺寸基准。

2. 平面图形的线段(弧)分析

平面图形中的线段(弧)按所标注尺寸的情况,可以分为三类(图形各线段分析见图 1-2):

(1) 已知线段(弧):根据图形所注的尺寸(一般有两个定位尺寸或隐含的两个定位尺寸),可以独立画出的圆、圆弧或直线。

(2) 中间线段(弧):根据图形中所注的尺寸(一般只有一个定位尺寸或有一个隐含的定位尺寸),还需根据另外一个连接关系才能画出的圆弧或直线。

(3) 连接线段(弧):根据图形中所注的尺寸,因为没有定位尺寸,所以需要根据两个连接关系才能画出的圆弧或直线。

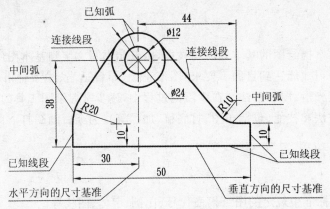

图 1-2　图形线段(弧)分析

3. 平面图形的线段(弧)画法

平面图形大多是由直线、圆以及圆弧这些基本线段连接而成,图形画的好与不好主要是图线画得是否满足要求;图线与图线在连接的过程中是否准确、光滑。下面就以图线的绘制内容分别进行练习。

(1) 直线:可用丁字尺和三角板配合画直线,直线有水平线、垂直线和斜线。

(2) 圆和圆弧:画圆和圆弧要由圆心来定位。

(3) 直线与圆或圆弧相切,把握直线与圆或圆弧相切的方向。

(4) 圆弧和圆弧相切,如图 1-3 所示。

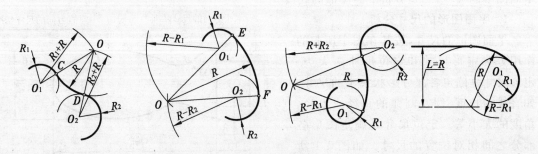

图 1-3　圆弧和圆弧相切

例 1.1 图 1-1 为手柄的平面图形,按图中所标注的尺寸画出该图。

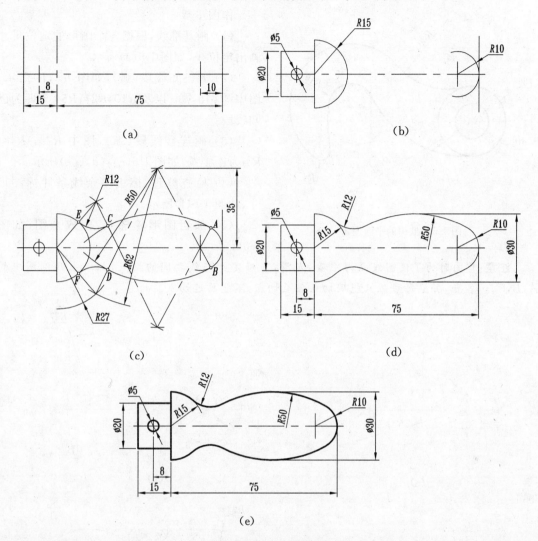

图 1-4 手柄平面图形的作图过程

解 根据图 1-1 中的标注分析:$R15$,$R50$,$R10$,$\phi20$,$\phi5$,15 等为定形尺寸;8 是以中间的铅垂线为基准定 $\phi5$ 小圆的位置,尺寸 75 是确定 $R10$ 圆弧的中心位置,而 $\phi30$ 则是以水平对称轴线为基准确定 $R50$ 圆弧的位置,它们为定位尺寸。

作图步骤:

(1)画水平和垂直基准线,如图 1-4(a)所示。

(2)画已知线段(弧),如图 1-4(b)中 $\phi5$,$R10$,$R15$ 为已知弧。根据定位尺寸 8,75 分别确定它们的圆心,画出已知弧;根据 $\phi20$ 画出左边矩形线框。

(3)画中间及连接线段(弧),如图 1-4(c)中 $R50$ 为中间弧,$R12$ 为连接弧。根据相切条件和 $\phi30$ 这个尺寸可求出 $R50$ 这段弧的圆心,画出弧 $R50$;根据 $R12$ 与 $R50$ 和 $R15$ 相切的条件,可求出 $R12$ 的圆心,画出连接弧 $R12$。切点分别为 A,B,C,D,E,F。

(4)检查整理,擦去多余的图线并标注尺寸,如图 1-4(d)所示。

(5)加粗图形轮廓线,完成全图。如图 1-4(e)所示。

例1.2 图1-5为爪钩的平面图形,根据已知的尺寸画出该图。

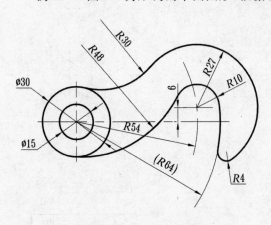

图1-5 爪钩的平面图形

作图步骤:

(1) 画基准线,根据各个图形的定位尺寸画出定位线,如图1-6(a)所示。

(2) 画已知线段(弧),如图1-6(b)所示。图中圆φ15,φ30以及R10,R27,R64等即为已知线段。

(3) 画连接线段(弧),图中R30,R48,R4为连接弧,如图1-6(c)、(d)、(e)所示。

(4) 检查整理、擦去多余线条并标注尺寸,如图1-6(f)所示。

(5) 加粗图形轮廓线,完成全图,如图1-6(g)所示。

注意:作图时为了使图线画得准确、光滑,应确定线与线之间的切点,如以上两例图中的A,B,C,…各点,并且每段弧只能从切点画至切点,不能画过切点。

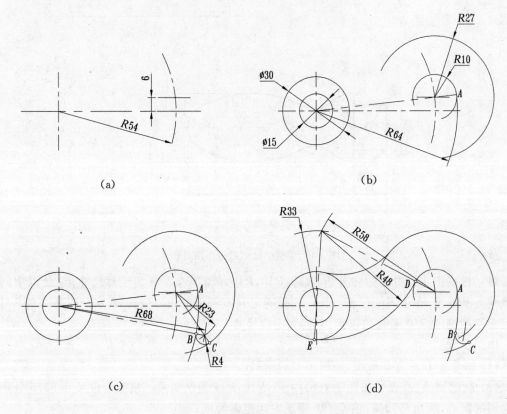

(a) (b) (c) (d)

图1-6 爪钩平面图形的作图过程

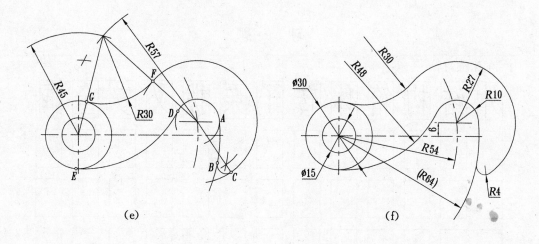

(e)

(f)

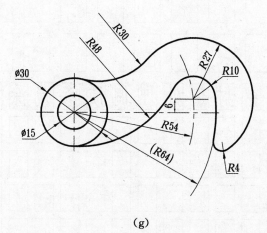

(g)

图 1-6 （续）

习 题

1. 字体练习

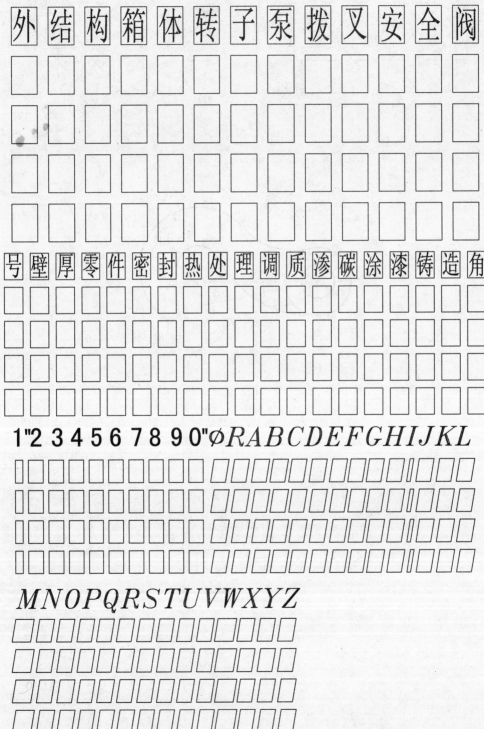

外 结 构 箱 体 转 子 泵 拨 叉 安 全 阀

号 壁 厚 零 件 密 封 热 处 理 调 质 渗 碳 涂 漆 铸 造 角

1"2 3 4 5 6 7 8 9 0"ø R A B C D E F G H I J K L

M N O P Q R S T U V W X Y Z

2. 字体练习

千 斤 顶 齿 轮 油 紧 固 螺 栓 销 键 柱

手 动 检 验 不 能 漏 滞 后 硬 度 杆 架 柄 端 盖 盘 套 松

I II III IV V VI VII VIII IX X

abcdefghijklmnopqrstuvwxyz

3. 将例图所给图线抄画在指定位置。

4. 将例图所给图形抄画在指定位置。

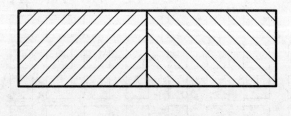

5. 将例图所给图形抄画在指定位置,并标注尺寸。

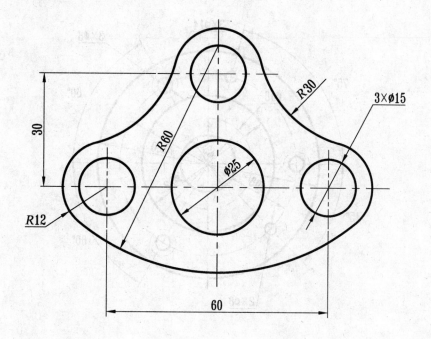

6. 将例图所给图形抄画在指定位置,并标注尺寸。

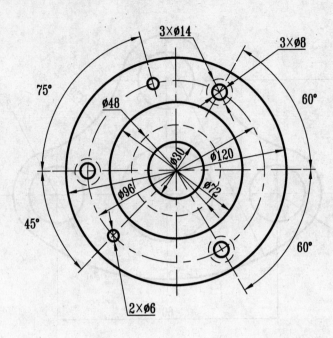

第二章　计算机绘图

计算机绘图是目前各个行业中应用的主要绘图方式。而 AutoCAD 是应用比较广泛的绘图软件之一,本章主要是练习使用 AutoCAD 2010 版在计算机上绘制二维图形。

一、学习目的

为了日后学习与工作的方便,掌握计算机绘图是一项必不可少的基本技能。本章的学习目的是掌握基本的绘图命令及编辑命令,根据第一章中的知识使用计算机绘图。当掌握了使用计算机绘图的方法以后,将使我们的绘图效率、绘图质量得以提高。

二、基本要求

在练习绘图的过程中,要注意每一条指令的操作方法,特别是在对话框中的参数设置,同时还要总结操作中的技巧。

三、学习要点和学习方法

绘制平面图形时,我们大量用到的图线是直线、圆或圆弧。除了学会用直线、圆和圆弧的命令绘图外,还要注意图层的设置,使绘制的线型有粗实线、点划线、细实线、虚线以及粗、细之分,并且在编辑的同时便于操作。

用 AutoCAD 画平面图形的过程与第一章中介绍的仪器绘图的过程一样,只是在绘图前要先设置好各项参数,如图层的设置里有线型、色彩、线宽等。若设置好了以后再来画图,会得到事半功倍的效果。

例 2.1　用计算机绘制出如图 2-1 中吊钩的平面图形。

作图步骤:

(1) 设置好图幅的范围、图层中的线型。

(2) 绘出图幅的范围。

(3) 画出点划线,如图 2-2(a)所示。

(4) 画出已知线段(弧),如图 2-2(b)所示。

(5) 画出中间线段(弧),如图 2-2(c)所示。

(6) 用倒圆角命名画连接线段(弧),如图 2-2(d)所示。

(7) 剪切多余部分的线段(弧),如图 2-2(e)所示。

注意:在使用 AutoCAD 绘图的过程中,要经常的使用 Save 命令对当前文件进行存档备份,以防在发生意外时文件丢失。

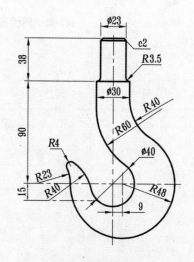

图 2-1　吊钩的平面图形

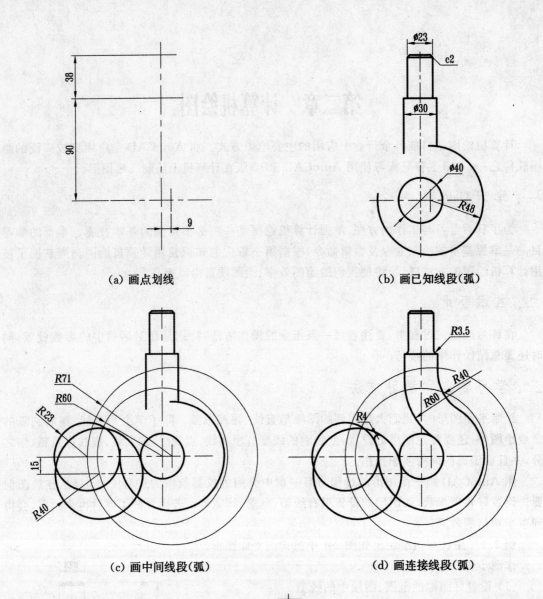

(a) 画点划线   (b) 画已知线段（弧）

(c) 画中间线段（弧）   (d) 画连接线段（弧）

(e) 剪切多余部分的线段（弧）

图 2-2 绘制吊钩平面图形的过程

习　题

1. 利用计算机绘制下列平面图形,并标注尺寸。

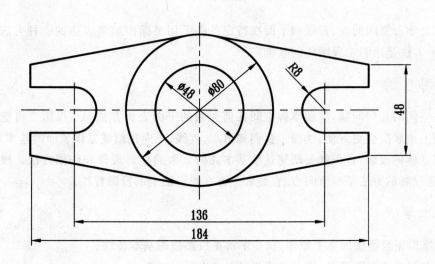

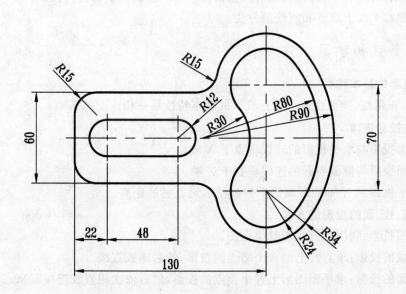

第三章 点、直线和平面的投影

本章要学习空间的点、直线和平面在特定条件下用平面图形来表达的一种方法——正投影法,这种方法是绘制工程图样的基础。

一、学习目的

解决空间的几何问题,就要掌握空间几何元素的平面表示方法——投影。将空间的问题放到平面上来解决会更方便、快捷。我们知道点、直线、平面是组成立体表面的基本几何元素。研究空间立体的投影,首先就要研究这些基本几何元素的投影规律和作图方法。根据这一要求,利用正投影的方法了解空间点、直线和平面在投影面上的投影特性。

二、基本要求

(1) 掌握正投影法的基本原理,初步了解正投影法的基本特性。

(2) 掌握点的投影规律,能由点的两投影求出第三投影。

(3) 能根据点的投影判断点的相对位置。

(4) 掌握各种位置直线的投影特性,能根据直线的投影判断其空间位置。

(5) 掌握各种位置平面的投影特性,能根据平面的投影判断其空间位置。

(6) 掌握在平面上取点和直线的方法。

三、学习要点和学习方法

1. 正投影的基本特性

真实性、积聚性、类似性这三个正投影的基本特性是一切作图的基础。

2. 点的投影规律

(1) 正面投影与水平投影的连线垂直于 X 轴。

(2) 正面投影与侧面投影的连线垂直于 Z 轴。

(3) 水平投影到 X 轴的距离等于侧面投影到 Z 轴的距离。

3. 求点、线、面的投影的方法

(1) 点的投影:利用点的投影规律作图。

(2) 直线的投影:求直线上的两个端点的投影,然后连成直线。

(3) 平面的投影:求平面图形上各个顶点的投影,然后依次用直线连接起来。

4. 各种位置直线的投影特性

(1) 投影面平行线的投影特性:一个投影与投影轴倾斜(真实性),另两个投影为轴的平行线或垂直线(类似性)。

(2) 投影面垂直线的投影特性:一个投影积聚为点(积聚性),另两个投影为轴的平行线或垂直线(真实性)。

(3) 投影面倾斜线的投影特性:三个投影均与投影轴倾斜(类似性)。

5. 各种位置平面的投影特性

（1）投影面平行面的投影特性：一个投影为实形（真实性），另两个投影为平行或垂直投影轴的直线（积聚性）。

（2）投影面垂直面的投影特性：一个投影为直线并与投影轴倾斜（积聚性），另两个投影为该平面的类似形（类似性）。

（3）投影面倾斜面的投影特性：三个投影均为类似形（类似性）。

例3.1 在图 3-1 中判断 SA、SB、SC、AC 在空间是什么位置的直线，平面 $\triangle SAB$，$\triangle SBC$，$\triangle SAC$ 各是什么位置的平面。

解 根据直线和平面的投影规律来判断。

根据 SA 的两面投影均与 X 轴倾斜，可判断 SA 为一般位置直线；

根据 SB 的两面投影均与 X 轴垂直，可判断 SB 为侧平线；

根据 SC 的两面投影均与 X 轴倾斜，可判断 SC 为一般位置直线；

根据 AC 的两面投影均与 X 轴平行，可判断 AC 为侧垂线。

根据 $\triangle SAB$ 的两面投影均为三角形，且平面内不含侧垂线，可判断 $\triangle SAB$ 为一般位置平面；

根据 $\triangle SBC$ 的两面投影均为三角形，且平面内不含侧垂线，可判断 $\triangle SBC$ 为一般位置平面；

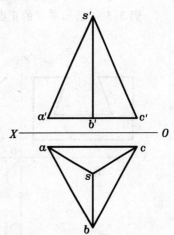

图 3-1　判断各种位置的
直线和平面

根据 $\triangle SAC$ 平面上的一条直线 AC 为侧垂线，可判断 $\triangle SAC$ 为侧垂面。

例3.2 如图 3-2(a)所示，求作平面 $ABCDE$ 的水平投影。

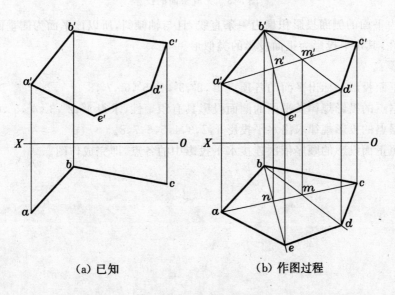

（a）已知　　　　　　　　（b）作图过程

图 3-2　求平面的投影

解 如图 3-2(b)所示，根据在平面上取点、取直线的方法作图。

作图步骤：

(1) 连接 $a'c'$, ac。

(2) 连接 $b'e'$, $b'd'$ 交 $a'c'$ 于 n', m'。

(3) 作 $m'm$ 与 X 轴垂直交 ac 于 m。

(4) 作 $n'n$ 与 X 轴垂直交 ac 于 n。

(5) 作 $d'd$ 与 X 轴垂直交 bm 的延长线于 d。

(6) 作 $e'e$ 与 X 轴垂直交 bn 的延长线于 e。

(7) 连 cd, de, ea 并加粗。平面的水平投影 $abcde$ 即为所求。

例 3.3　已知平面的正面投影和侧面投影，求出其水平投影，如图 3-3(a)所示。

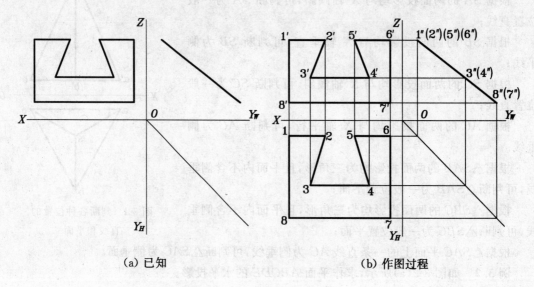

（a）已知　　　　　　　　（b）作图过程

图 3-3　完成平面的投影

解　因为平面的侧面投影积聚为一条直线，且与轴倾斜，所以该平面为侧垂面。根据垂直面的投影特性，其水平投影为正面投影的类似形。

作图步骤：

(1) 在正面投影上标出平面的各顶点 $1'$, $2'$, $3'$, $4'$, $5'$, $6'$, $7'$, $8'$。

(2) 根据点的投影规律及平面的侧面投影具有积聚性，求得 $1''$, $2''$, $3''$, $4''$, $5''$, $6''$, $7''$, $8''$。

(3) 根据点的投影规律求出水平投影 1, 2, 3, 4, 5, 6, 7, 8。

(4) 按照正面投影的顺序依次连接水平投影中的各点，即完成作图。

习 题

1. 完成下列各点的第三面投影。

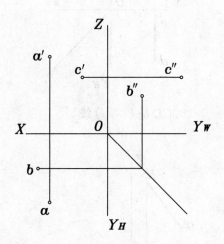

2. 作出下列各点的三面投影：
   $A(18,10,10)$, $B(18,10,15)$,
   $C(10,10,10)$, $D(10、15、10)$。

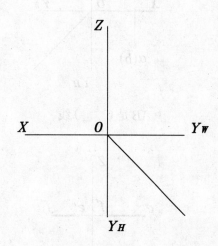

3. 作出直线 AB 的第三面投影。

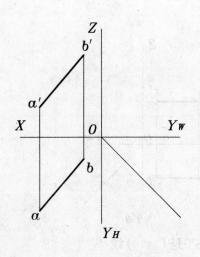

4. 作出直线 CD 的第三面投影。

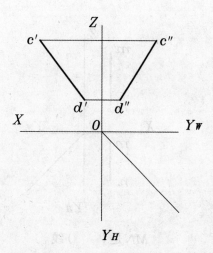

5. 作出下列各直线的第三面投影,并判别它们属于6种特殊位置直线中的哪一种。

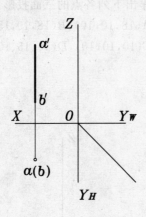

AB是( )线

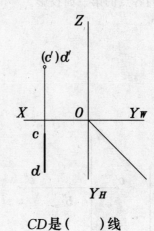

CD是( )线

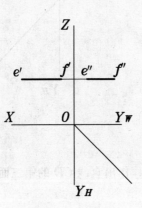

EF是( )线

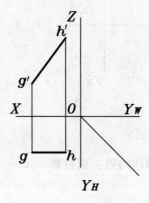

GH是( )线

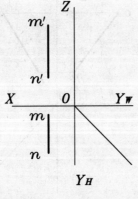

MN是( )线

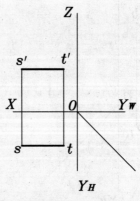

ST是( )线

6. 判别 K 点是否在已知的直线上。

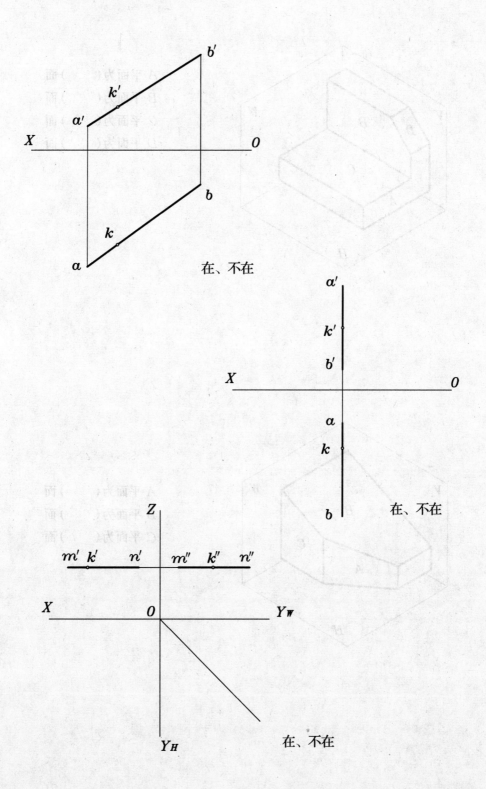

在、不在

在、不在

在、不在

7. 指明 A,B,C,D 平面为何种位置平面。

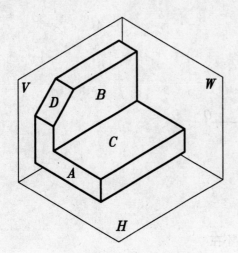

A 平面为（　　　）面
B 平面为（　　　）面
C 平面为（　　　）面
D 平面为（　　　）面

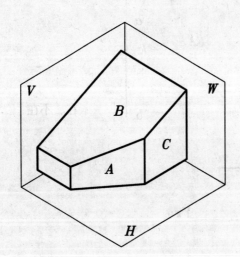

A 平面为（　　　）面
B 平面为（　　　）面
C 平面为（　　　）面

8. 作出下列各平面的侧面投影,并判别它们相对于投影面为何种位置平面。

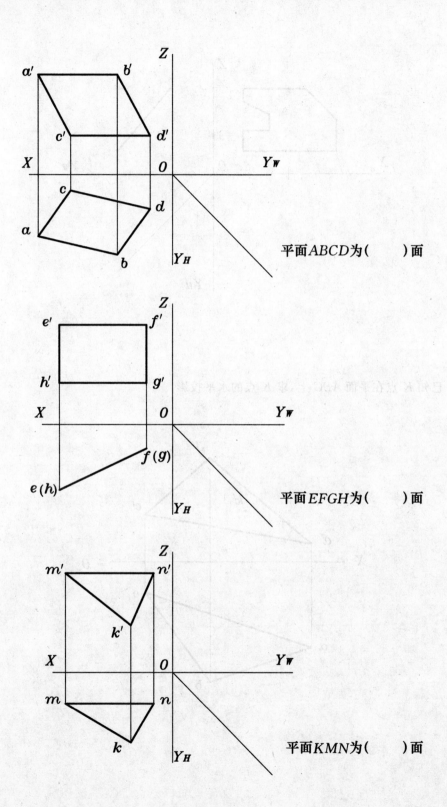

平面ABCD为( )面

平面EFGH为( )面

平面KMN为( )面

9. 作出平面图形的水平投影。

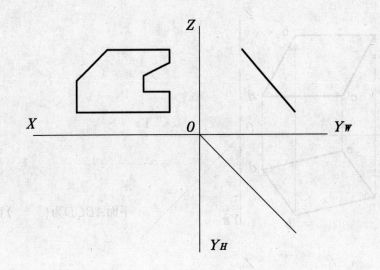

10. 已知 K 点在平面 ABC 上，求 K 点的水平投影。

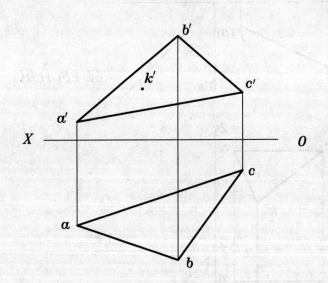

第四章 立体的投影

本章在研究点、直线和平面投影特性的基础上进一步探讨空间基本形体(平面立体和曲面立体两大部分)的投影特点。进而分析了基本体在经过截切和相贯后其投影图所发生的变化，以及根据投影图想象出空间的物体形状。这是一个由量到质的飞跃，通过本章的学习可以使我们很好地将平面投影的基本知识与空间物体的形状相结合，从而牢固的掌握投影的基本概念。因此，学习本章是我们迈向设计师、工程师的第一步。

一、学习目的

在学习立体的投影时，我们的思维通过由平面到空间，再由空间到平面这样一个往返的过程，能锻炼我们空间想象的能力，加快我们判断物体形状的速度，提高我们的绘图水平。

二、基本要求

了解立体的形成过程，根据它们的形成规律和投影特点，掌握常见的平面立体与曲面立体的基本投影，以及在立体表面上取点、取线的原理与作图方法。在此基础上掌握立体表面的截交线、相贯线的求解和绘制方法。

三、学习要点和学习方法

1. 平面立体的投影

立体的表面均为平面的立体称为平面立体，如图 4-1 所示的棱柱、棱锥等。

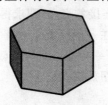

图 4-1　平面立体

2. 平面立体表面上的点、线

利用平面上取点、取线的知识，练习在立体表面上取点、取线。

3. 曲面立体的投影

表面为曲面或由平面与曲面共同构成的立体称为曲面立体。在本章中，我们主要研究的曲面立体为回转体，如图 4-2 所示的圆柱、圆锥、圆球、圆环等。

图 4-2　曲面立体

图 4-3　在曲面立体上作线

4. 回转体表面上的点、线

在求回转体表面上的点或线的问题时，我们通常根据回转体的形成特点，在回转面上作辅助的圆或直线，通常作与轴线垂直的圆、还可以在圆柱面上作与轴线平行的直线；在圆锥面上作过锥顶的直线，如图 4-3 所示的立体上的点和线。

5. 截交线

当平面截切立体时，平面与立体表面的交线，称为截交线，截交线是平面与立体表面的共有线。此平面称为截平面，由截交线所围成的平面图形叫截断面，如图 4-4 所示。

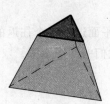
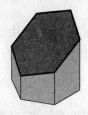
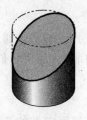
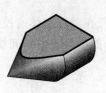

图 4-4　平面截切平面立体和曲面立体

（1）平面立体上的截交线。平面立体的截交线是某一多边形，它的各个顶点分布在棱边上（因为它们是各棱线与截平面的交点），而它的各个边则在立体的棱线上（因为它们是各棱面与截平面的交线）。

平面立体截交线的画法可归结为以下两种方法：

① 求出各棱面与截平面的交线，因而直接得出截断面的各个边。

② 求出各棱线与截平面的交点，然后依次连接各交点，即求得截交线。

（2）回转体上的截交线。回转体的截交线在一般情况下是平面曲线，作图时要注意分析截交线的形状及其投影特征，同时要熟悉和了解一些常见回转体截交线的形状，这不仅可以提高作图的准确性，而且可以增加预见性，提高作图效率。

回转体的截交线的分析与作图步骤：

① 截交线的形状分析。截交线的形状取决于回转体的形状以及与截平面的相对位置，表 4-1 表示了平面与回转体相交后的截交线的形状。

② 分析并求特殊点。所谓特殊点是指截交线上位于极限位置（最高、最低、最左、最右、最前、最后）上的点，它们大多位于曲面转向轮廓线上。

③ 求必要的中间点。

④ 连接截交线上各点的投影。连线时要注意交线的光滑以及判别其可见性。

⑤ 补全存在的转向轮廓线。

立体表面被多个平面截切，截交线的求法一般来说是分别求各个截平面与立体表面的交线，除此以外，还需求截平面与截平面之间的交线，见例 4.1。

（3）平面立体与平面立体相交求交线。由于交线为两立体表面的公有线，因此求两立体表面交线的投影问题也可以看成是在立体表面上取直线的问题，用平面上取线的方法求解，见例 4.2、例 4.3。

表 4-1　截平面与回转体表面相交后截交线的形状分析

截交线的形状 / 回转体	平面与轴线垂直	平面与轴线平行	平面与轴线倾斜		
圆柱	圆	矩形线框	椭圆		
圆锥	圆	双曲线	椭圆	抛物线	三角形

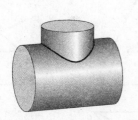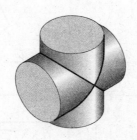

图 4-5　两曲面立体的相贯线

（4）曲面立体相交的相贯线。当两曲面立体相交时，立体表面上的交线称为相贯线，是两曲面立体的共有线，如图 4-5 所示。它具有以下基本性质：

① 两曲面立体的相贯线是两立体表面的共有线和分界线，相贯线上的点是两立体表面上的共有点。

② 由于立体表面是封闭的，因此，相贯线一般为封闭的空间曲线，在特殊情况下，可能是不封闭的，也可能是平面曲线或直线，如图 4-5 所示。

③ 相贯线的形状取决于曲面的形状、大小及两曲面之间的相对位置。

根据相贯线的性质求两回转体相贯线的问题，可归结为求两回转体表面上的共有点的问题。

相贯线的分析与作图步骤：

① 相贯线的形状分析。相贯线的形状取决于回转体的形状以及两回转体轴线的相对位置。

② 分析并求特殊点。

③ 求必要的中间点。

④ 连接相贯线上各点的投影。连线时要注意交线的光滑以及判别其可见性。

⑤ 检查并补全存在的转向轮廓线。

例 4.1 求图 4-6(a)中三棱锥被平面切截后的水平投影与侧面投影。

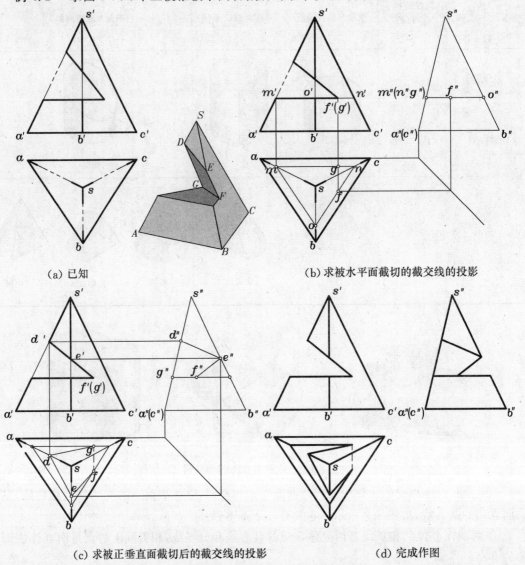

(a) 已知　　　　　　　　　　　　(b) 求被水平面截切的截交线的投影

(c) 求被正垂直面截切后的截交线的投影　　　　　(d) 完成作图

图 4-6　求三棱锥被平面截切后的水平投影及侧面投影

解　根据已知条件可知,三棱锥被水平面与正垂面所截。由于水平面与三棱锥的底面平行,因此截切三棱锥的截断面为与底面 ABC 相似的部分三角形。正垂面与三棱锥的三个侧面 SAB,SBC,SAC 均相交,有三条交线,因此求出正垂面与三棱锥的两条棱线 SA,SB 的交点即可求出截交线的投影。

作图步骤:

(1) 求被水平面截切的截交线的投影。将水平面扩大,假想全部截切。在水平投影中求得与底面 abc 相似的三角形 mno,根据长对正的规律,得到 f,g 两点,那么 gm,mo,of 为水平面截切后截交线的水平投影,再求出其侧面投影,如图 4-6(b)所示。

(2) 求被正垂面截切后的截交线的投影。求出投影图上的正垂面与棱线的交点 D,E 的水平及侧面投影,连接 $gd,de,ef,f''e'',d''g''$,如图 4-6(c)所示。

（3）求两截平面之间的交线。连接 FG 的各投影。因为水平投影 fg 为不可见，所以连为虚线，如图 4-6(c)所示。

（4）补全轮廓线。加粗未被切割掉的棱线，如图 4-6(d)所示。

例 4.2　求图 4-7(a)中三棱柱被穿孔后的侧面投影。

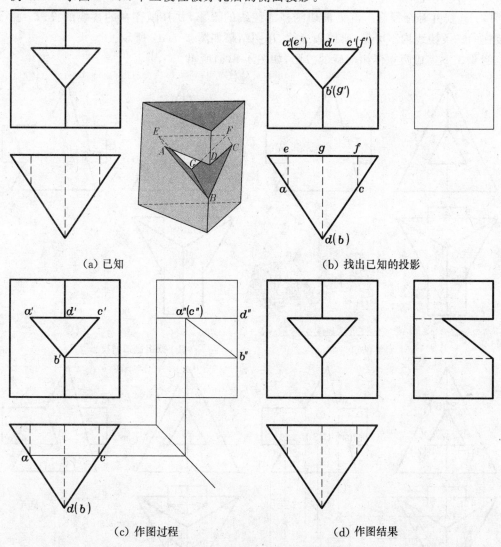

(a) 已知　　　　　　　　　　　(b) 找出已知的投影

(c) 作图过程　　　　　　　　　　(d) 作图结果

图 4-7　求三棱柱被穿孔后的侧面投影

解　由图 4-7(a)可知这是在直立的大三棱柱上穿了一个小三棱柱孔，为两平面立体表面相交求交线的问题。小三棱柱孔的前方与大三棱柱的两前表面相交，有 4 条交线封闭形成前端口 $ABCD$，后方与大三棱柱后表面相交，形成封闭的三角形后端口 EFG。小三棱柱孔的正面投影具有积聚性，交线 $ABCD$ 和 EFG 的正面投影重合在其正面投影三角形上，可直接找出 a',b',c',d',e',f',g'；大三棱柱的三个侧表面的水平投影具有积聚性，交线 $ABCD$ 与 EFG 的水平投影重合在其水平投影三角形上，可直接找出 a,b,c,d,e,f,g。因此只需求出交线上点的侧面投影。分析过程如图 4-7(b)所示。

大三棱柱的后表面为正平面，其侧面投影具有积聚性，交线 EFG 的侧面投影重合在其积聚性的投影上，则不需专门求出，如图 4-7(c)所示。因为物体左、右对称，所以左、右表面上的交线的侧面投影重合,因此只需求出左半部分交线的侧面投影即可。

作图步骤:

(1) 求表面交线。由分析后得到的如图 4-7(c)所示,已知 a', b', c', d' 和 a, b, c, d 可直接求出 a'', b'', c'', d''。

(2) 连线并补全投影。擦去被切割掉的棱线的投影,并补画存在的棱线的投影。由于小三棱柱的三条棱线均不可见,所以画虚线,作图结果如图 4-7(d) 所示。

例 4.3 完成两立体相交后的投影,如图 4-8(a)所示。

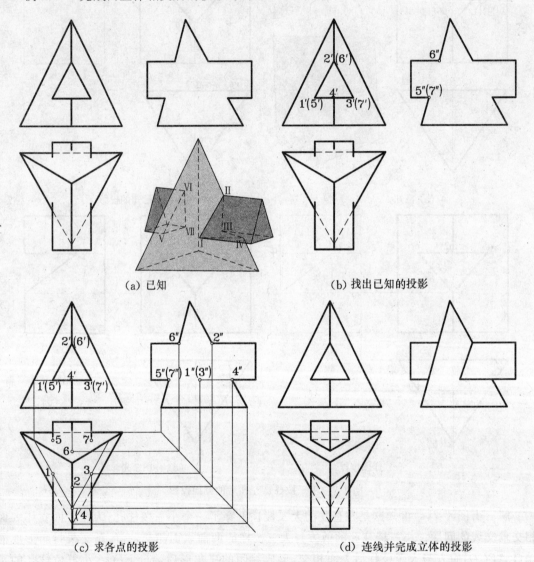

（a）已知　　　　　（b）找出已知的投影

（c）求各点的投影　　　　　（d）连线并完成立体的投影

图 4-8　求两平面立体表面相交的交线

解 由投影图分析可知这是一个三棱锥和一个三棱柱相交,求表面交线的问题。从立体图上看:三棱柱的前端分别与三棱锥的两表面相交,有 4 条交线形成封闭的线框 I-II-III-IV,且左右对称;后端与三棱锥的一个表面相交,有三条交线形成封闭线框 V-VI-VII。由于三棱柱的正面投影具有积聚性,因此交线的正面投影重合在其正面投影三角形上,顶点为 $1'$, $2'$, $3'$, $4'$, $(5')$, $(6')$, $(7')$;又由于三棱锥的后表面为侧垂面,可直接找到 $5''$, $6''$, $(7'')$,如图 4-8(b)所示。接着只需求出交线的其他投影即可。

作图步骤：

(1) 求交线上的点Ⅴ、Ⅵ、Ⅶ的水平投影5,6,7。

(2) 求交线上的点Ⅰ、Ⅱ、Ⅲ、Ⅳ。用表面取点法求得1,3,1″,(3″)的投影；由于点Ⅱ、Ⅳ在棱线上，可直接求出2″,4″，然后求出投影2,4。求解过程如图4-8(c)所示。

(3) 判别可见性、连线并补全投影。作图结果如图4-8(d)所示。

小结：无论是在一个立体上穿孔还是两实体相交，其交线的求法是一样的。

例4.4 完成圆柱被截切后的投影，如图4-9(a)所示。

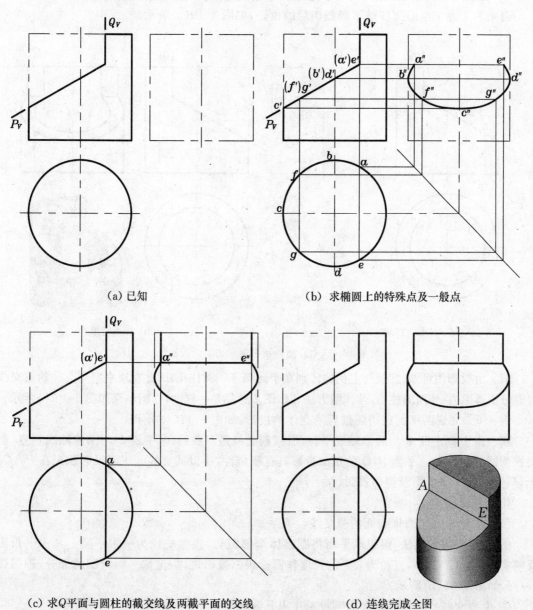

(a) 已知　　　　　　　　　　(b) 求椭圆上的特殊点及一般点

(c) 求Q平面与圆柱的截交线及两截平面的交线　　　　(d) 连线完成全图

图4-9　圆柱截切后的投影

解　由投影图中的已知状态可看出P平面与圆柱轴线倾斜，截交线为椭圆的一部分。Q

平面与圆柱轴线平行,在圆柱面上产生的截交线为直线。

作图步骤:

(1) 求 P 平面与圆柱的截交线。

① 求特殊点。如图 4-9(b)所示 A,B,C,D,E 点为特殊点。

② 求中间点。如图 4-9(b)所示 F,G 两点。

(2) 求 Q 平面与圆柱的截交线。如图 4-9(c)所示。

(3) 求 P 平面与 Q 平面之间的交线 AE。如图 4-9(c)所示。

(4) 连接各点,完成全图,如图 4-9(d)所示。

例 4.5 完成空心圆柱被平面截切后的投影,如图 4-10(a)所示。

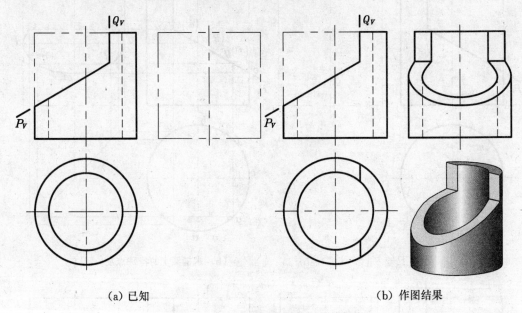

(a) 已知   (b) 作图结果

图 4-10 空心圆柱被平面截切后的投影

解 由投影图可知,此例与上例的区别在于此例多一圆柱孔,因此在求平面与圆柱的截交线时要分别考虑内、外两圆柱面,其作图方法和作图步骤都是一样的,作图结果如图 4-10(b)所示。

例 4.6 完成两平面截切圆锥后的立体的投影,如图 4-11(a)所示。

解 由于侧平面 P 与圆锥轴线平行,所以截交线是双曲线;水平面 Q 与圆锥轴线垂直,截交线为圆的一部分。平面 P,Q 的正面投影具有积聚性,所以截交线的正面投影积聚在 P_v,Q_v 上,只需求其水平投影及侧面投影。

作图步骤:

(1) 求 Q 平面与圆锥表面的截交线。

① 采用平面扩大法,假想水平面将圆锥体全部截切,则截交线为一水平圆。其水平投影反映实形,以 s 为圆心,直径为 $c'd'$ 的长度作圆。根据投影规律,保留平面范围的部分,即圆弧 $aecfb$,如图 4-11(b)所示。

② 由截交线的正面投影和水平投影作出其侧面投影 $e''f''$,如图 4-11(b)所示。

(2) 求 P 平面与圆锥的截交线——双曲线。

① 求特殊点。A,B 为已知,是圆弧 $AECFB$ 的两个端点;顶点 G 为平面与圆锥表面上最右素线的交点,其正面投影 g' 可直接求出。其水平投影和侧面投影可根据点在物体上的位置

及投影规律求出，如图 4-11(c) 所示。

② 求一般点。用表面取线的方法在圆锥面上过 h' , (i') 作一纬圆，画出纬圆的水平投影，求出 h , i 和 h'' , i'' ，如图 4-11(c) 所示。

（3）求 P 平面与 Q 平面之间的交线 AB 。由投影图可知两平面为特殊位置平面，$a'b'$ 积聚为一点，ab 与 P 的水平投影重合，$a''b''$ 与 Q 的侧面投影重合，如图 4-11(c) 所示。

（4）连线并补全投影。由于 P 平面为侧平面，其正面投影和水平投影具有积聚性，截交线的正面投影和水平投影在具有积聚性的投影上，其侧面投影反映实形。将所求各点的侧面投影依次光滑连接即得，作图结果如图 4-11(d) 所示。

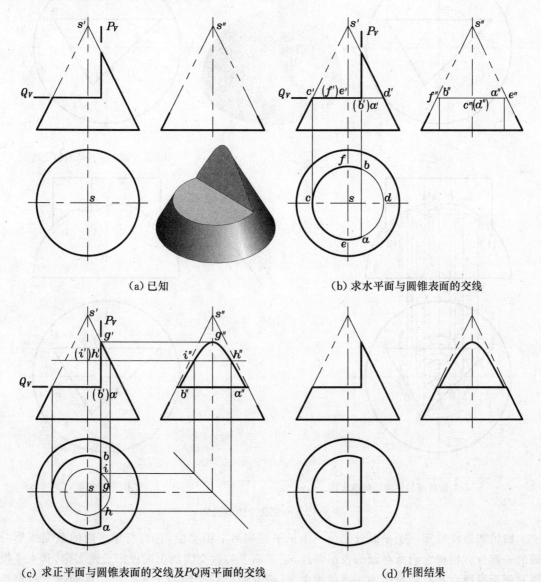

(a) 已知　　　　　　　　　　　　　　(b) 求水平面与圆锥表面的交线

(c) 求正平面与圆锥表面的交线及 PQ 两平面的交线　　　　　　(d) 作图结果

图 4-11　两平面切圆锥后的投影

例 4.7　完成图 4-12(a) 中两立体相交后的正面投影。

解　由投影图可知，该立体为半球与三棱柱贯穿，为曲面立体与平面立体相交而成。两相贯体表面的交线求解过程，可分解为三个平面分别与球表面相交求交线的过程。

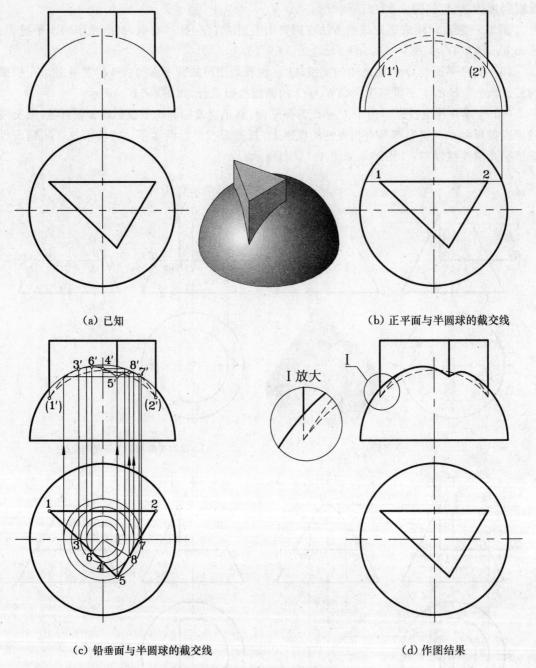

(a) 已知   (b) 正平面与半圆球的截交线

(c) 铅垂面与半圆球的截交线   (d) 作图结果

图 4-12 两相交立体的投影

由已知条件可知三个平面分别为一个正平面和两个铅垂面,它们与球表面的截交线都为圆的一部分。根据它们所在面的投影特性,正平面上的截交线的正面投影反映实形,其水平投影和侧面投影在具有积聚性的正面投影上;铅垂面上截交线的水平投影在该面具有积聚性的水平投影上,其正面投影和侧面投影为圆(部分)的类似性椭圆(部分)。

作图步骤:

(1) 求正平面与半圆球的截交线,如图 4-12(b)所示。

(2) 求铅垂面与半圆球的截交线,用表面取点的方法求出特殊位置上的点,如图 4-12(c)

所示。其中，VI、VIII 点分别为两圆正面投影上的最高点。

（3）完成立体的投影，结果如图 4-12(d)所示。

例 4.8 完成顶针头部的水平投影，如图 4-13(a)所示。

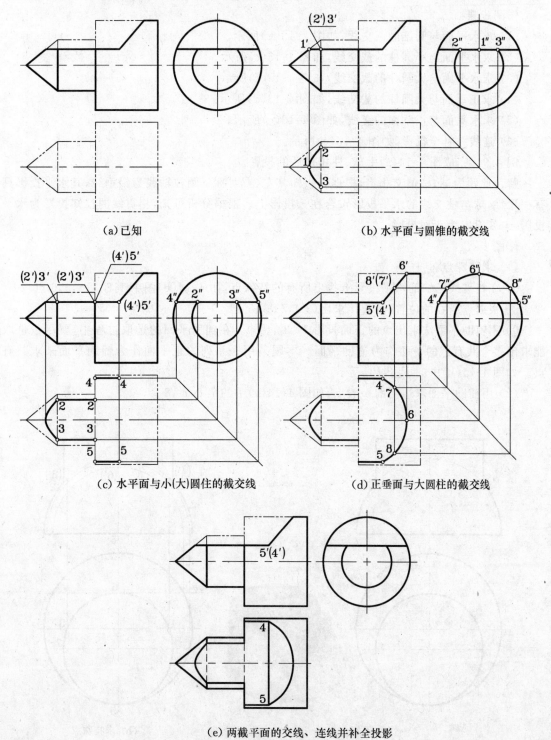

（a）已知

（b）水平面与圆锥的截交线

（c）水平面与小(大)圆住的截交线

（d）正垂面与大圆柱的截交线

（e）两截平面的交线、连线并补全投影

图 4-13　顶针头的投影

解 由投影图可知本题为平面截切组合体求截交线的问题。立体由圆锥、小圆柱、大圆柱组合而成，水平面截切了立体的三个部分，分别产生了三段截交线；正垂面截切大圆柱体产生的截交线为椭圆的一部分；同时两截切面之间的交线为正垂线。

作图步骤：

(1) 求水平面与圆锥的截交线，如图 4-13(b) 所示。

(2) 求水平面与小圆柱的截交线，如图 4-13(c) 所示。

(3) 求水平面与大圆柱的截交线，如图 4-13(c) 所示。

(4) 求正垂面与大圆柱的截交线，如图 4-13(d) 所示。

(5) 求水平面与正垂面的交线，如图 4-13(e) 所示。

(6) 连线并补全投影，如图 4-13(e) 所示。

例 4.9 完成图 4-14(a) 中球、柱相贯后的投影。

解 此题为球、柱偏交相贯，根据投影知其左、右对称。圆柱轴线为铅垂线，其水平投影具有积聚性，球与柱交线的水平投影重合在该投影上。根据分析可知，相贯线的已知投影为水平投影，未知投影为正面投影。

作图步骤：

(1) 求特殊点。

① 在相贯线已知的水平投影上找出所有的特殊点，如 4-14(b) 图中 1，2，3，4，5，6 点。

② 根据点所在的位置，可直接求出 $(3')$，$(4')$，$5'$。

③ 用辅助平面法求出点的正面投影 $1'$，$2'$，$(6')$。在辅助平面的选取过程中，要尽量选取能求出多个共有点的平面作为辅助平面。本题是用一系列的正平面作为辅助平面来求共有点。如图 4-14(b) 中的 P_{1H}，P_{2H} 等。

(2) 用辅助平面求适当的一般点，如图 4-14(c) 中的 7，8，$7'$，$8'$。

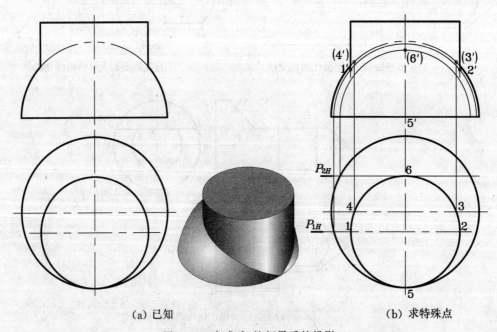

(a) 已知   (b) 求特殊点

图 4-14 完成球、柱相贯后的投影

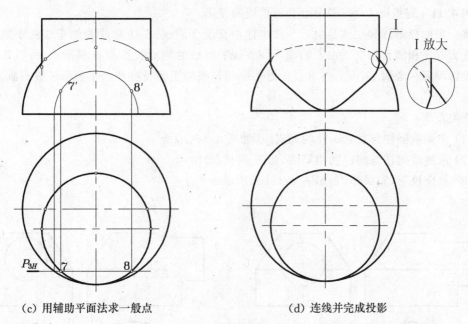

(c) 用辅助平面法求一般点   (d) 连线并完成投影

图 4-14 （续）

（3）光滑地连接各点并判别可见性。由水平投影分析可知以 I、II 两点为界，I-VII-V-VI-II-II 位于立体的前表面，其正面投影可见，1′-7′-5′-8′-2′连成粗实线；II-III-VI-IV-I 位于立体的后表面，其正面投影不可见，则 2′-3′-6′-4′-1′连成虚线。如图 4-14(d)所示。

（4）最后补齐轮廓线，完成立体的投影，如图 4-14(d)所示。

例 4.10 根据物体的正面投影和水平投影，补全侧面投影中所缺的图线（图 4-15(a)）。

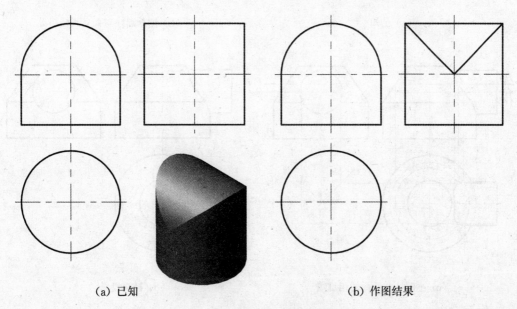

（a）已知   （b）作图结果

图 4-15　补全立体的侧面投影

解　从正面投影来看，圆柱的上半部好像为半球，如果按这思路分析，其侧面投影也应为半圆，而它的侧面投影最上面为一条直线，由此可知立体的上表面是半个圆柱面。这是一个由轴线互相垂直的、等直径的两圆柱相贯的立体。作图结果如图 4-15(b)所示。

例 4.11 完成图 4-16(a)中组合相贯线的投影。

解 根据投影图知立体是由三个基本体相交组合而成,左边轴线为侧垂线的小圆柱分别与直立大圆柱和圆台相交。由于轴线为侧垂线的圆柱的侧面投影具有积聚性,所以相贯线的侧面投影积聚在圆周上,不需另求。投影图中相贯线的正面投影和水平投影还没有画出来,需求出。

作图步骤:

(1) 求侧垂圆柱与直立圆柱的相贯线,如图 4-16(b)所示。

(2) 求侧垂圆柱与圆台的相贯线,如图 4-16(c)所示。

(3) 补全投影,完成作图,如图 4-16(d)所示。

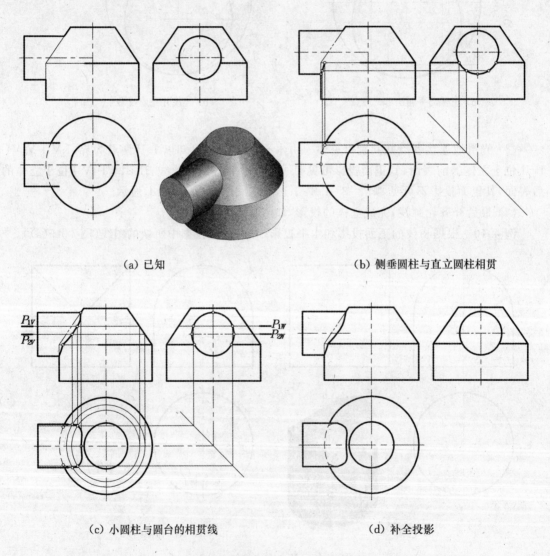

| (a) 已知 | (b) 侧垂圆柱与直立圆柱相贯 |
| (c) 小圆柱与圆台的相贯线 | (d) 补全投影 |

图 4-16 求组合相贯体的相贯线

习　题

1. 作出五棱柱的水平投影，并完成它表面上 A,B,C 点的三面投影。

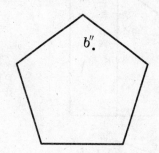

2. 完成五棱柱被平面截切后的水平投影。

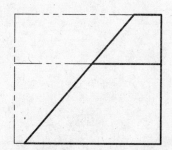
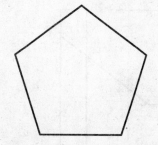

3. 完成平面立体被平面截切后的侧面投影。

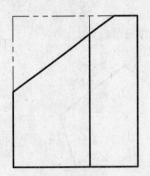

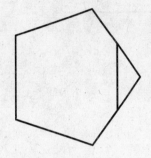

4. 完成五棱柱被两平面截切后的侧面投影。

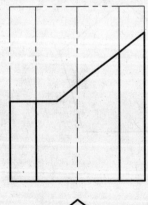

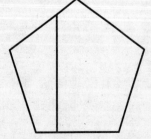

5. 作出四棱锥的侧面投影,并完成它表面上 A,B 点的三面投影。

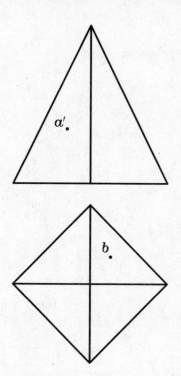

6. 完成四棱锥被平面截切后的三面投影。

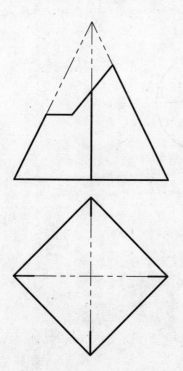

7. 完成四棱锥被平面截切后的三面投影。

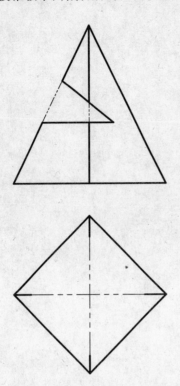

8. 作出圆柱的水平投影,并完成它表面上 A,B,C 点的三面投影。

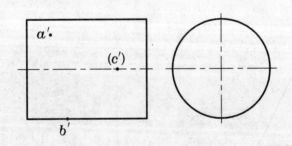

9. 作出圆锥的水平投影,并完成它表面上 A,B,C 点的三面投影。

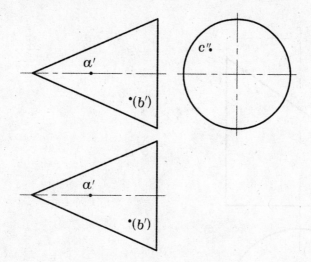

10. 作出圆球的侧面投影,并完成它表面上 A,B,C 点的三面投影。

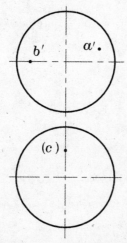

11. 完成回转体表面上 A,B,C 点的两面投影。

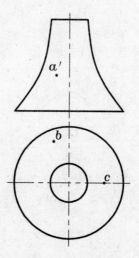

12. 完成圆柱被平面截切后的侧面投影。

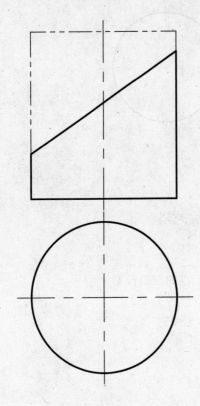

13. 完成圆柱被平面截切后的侧面投影。

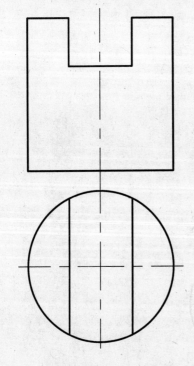

14. 完成圆柱被平面截切后的水平投影。

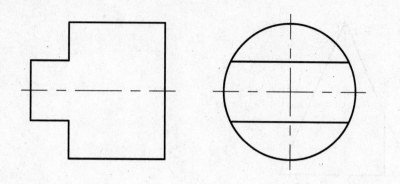

15. 完成空心圆柱被平面截切后的水平投影。

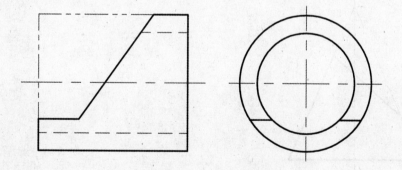

16. 完成圆锥被平面截切后的侧面投影。

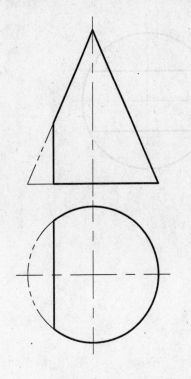

17. 完成圆锥被平面截切后的水平投影和侧面投影。

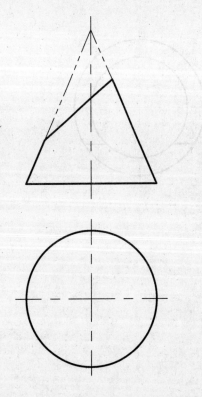

18. 完成圆锥被平面截切后的水平投影和侧面投影。

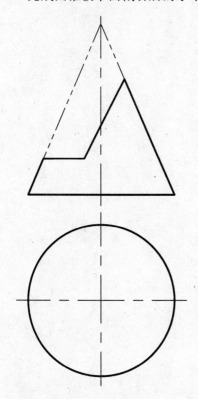

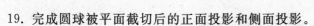

19. 完成圆球被平面截切后的正面投影和侧面投影。

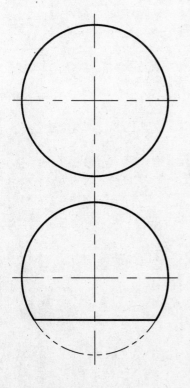

20. 完成圆球被两个平面截切后的三面投影。

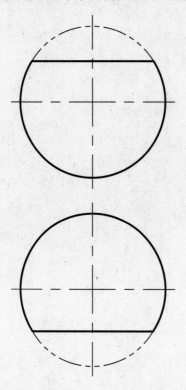

21. 完成半球被平面截切后的水平投影和侧面投影。

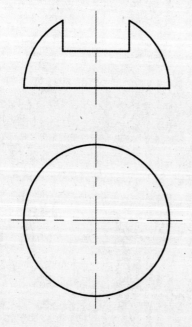

22. 完成半圆球被平面截切后的水平投影和侧面投影。

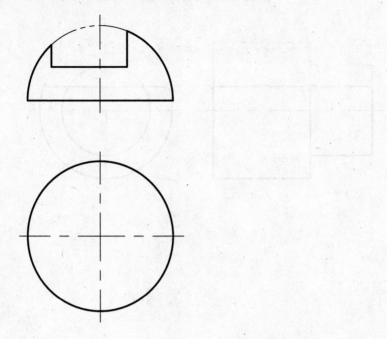

23. 完成圆柱被平面截切后的水平投影。

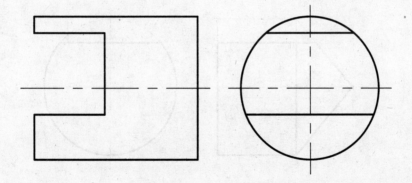

24. 完成立体被平面截切后的水平投影。

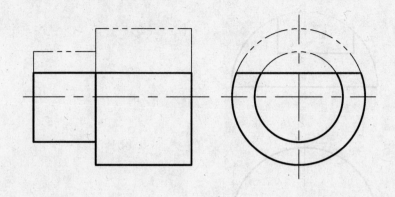

25. 完成立体被平面截切后的水平投影。

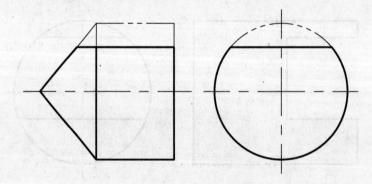

26. 完成立体被平面截切后的水平投影。

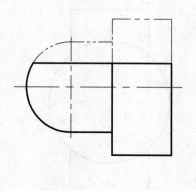 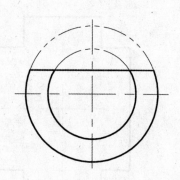

27. 完成立体被平面截切后的水平投影。

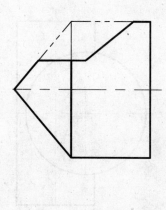 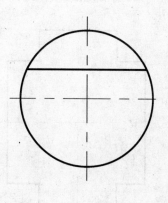

28. 完成圆柱与圆柱正交相贯线的投影。

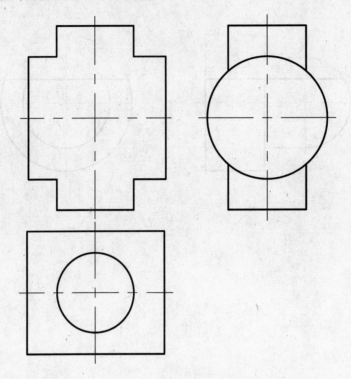

29. 完成圆柱与圆柱偏交相贯线的投影。

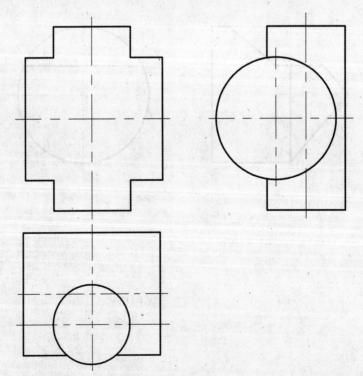

30. 完成圆柱与圆锥台相贯线的投影。

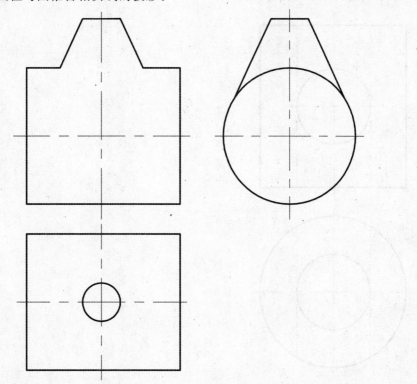

31. 完成立体的正面投影和水平投影。

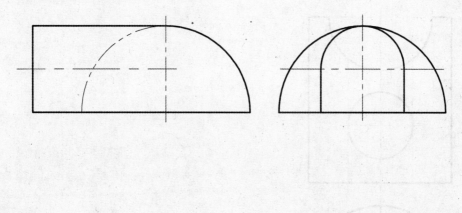

32. 完成圆柱筒穿孔后的侧面投影。

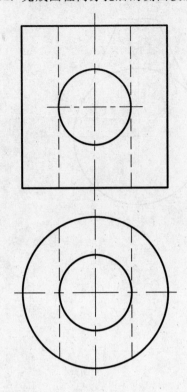

33. 完成立体的侧面投影。

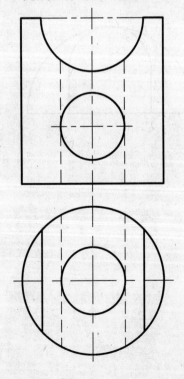

第五章 轴测投影图

轴测图是一种单面投影图。由于该图能同时反映物体的三个方向的形状，因此具有立体感，容易看懂。但由于物体的形状在轴测图中的投影通常是变形的，如长方形变成了平行四边形，圆形变成了椭圆形，因此，它不能确切地表达物体原来的大小与形状，而且作图也比较复杂。所以，轴测图在工程中一般仅用于辅助图样。

一、学习目的

利用轴测图具有立体感、容易看懂这一特点来帮助我们想象物体的空间形状。掌握轴测图的画法是我们快速了解空间物体形状的一个途径，是学习投影制图部分的辅助手段。

二、基本要求

(1) 了解正等轴测图的形成及轴向伸缩系数、轴间角的概念。
(2) 了解斜二轴测图的形成及轴向伸缩系数、轴间角的概念。
(3) 掌握立体的正等轴测图的作图方法和步骤。
(4) 掌握立体的斜二轴测图的作图特点及应用场合。

三、学习要点和学习方法

学习中，主要掌握正等轴测投影、斜二轴测投影这两种常用轴测图的画法；掌握画图的要点、方法和步骤。轴间角和轴向伸缩系数是决定轴测图的要素，必须沿轴测轴方向量取尺寸。

在正等轴测图中，平行于坐标面的圆的投影为椭圆。如图 5-1 中三个坐标面上的圆的正等轴测图。表 5-1、表 5-2、表 5-3 为用四心圆法画三个坐标面方向的椭圆的画图过程。

图 5-1 坐标面上圆的正等轴测图

表 5-1　$X_1 O_1 Y_1$ 面上圆的正等轴测图（圆的直径为 d）

第一步	第二步	第三步	第四步
画轴测轴 $O_1 X_1$，$O_1 Y_1$。分别在 $O_1 X_1$，$O_1 Y_1$ 轴上截取 $\dfrac{d}{2}$，得到 A,B,C,D 四个点	过 A,B 点作 $O_1 Y_1$ 的平行线；过 C,D 点作 $O_1 X_1$ 的平行线，得到菱形	连接 $1D,1B$ 得到圆心 $1,2$，$3,4$。分别以 $1,3$ 为圆心，以 $1D,3A$ 为半径作圆	分别以 $2,4$ 为圆心，以 $2A$，$4B$ 为半径作圆得到椭圆，完成作图

表 5-2　$X_1O_1Z_1$ 面上圆的正等轴测图（圆的直径为 d）

第一步	第二步	第三步	第四步
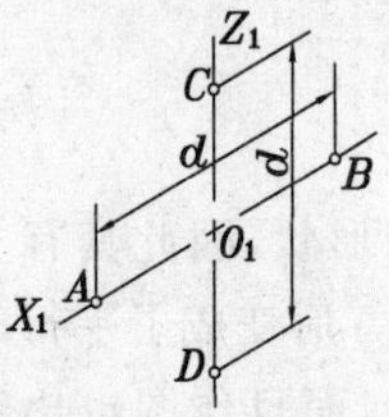	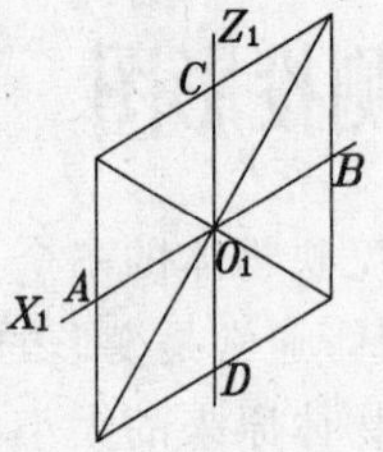	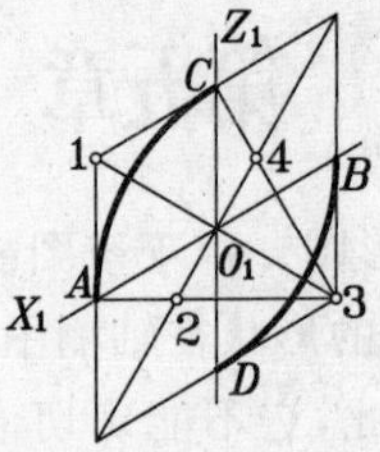	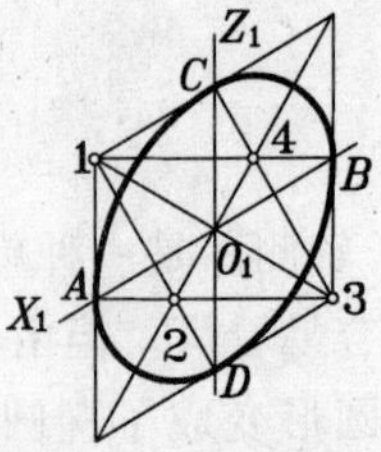
画轴测轴 O_1X_1，O_1Z_1。分别在 O_1X_1，O_1Z_1 轴上截取 $\dfrac{d}{2}$，得到 A,B,C,D 四个点	过 A,B 点作 O_1Z_1 的平行线；过 C,D 点作 O_1X_1 的平行线，得到菱形	连接 $A3$，$C3$，得到圆心 1，$2,3,4$。分别以 $1,3$ 为圆心，以 $3A,1D$ 为半径作圆	分别以 $2,4$ 为圆心，以 $2A$，$4B$ 为半径作圆，得到椭圆，完成作图

表 5-3　$Y_1O_1Z_1$ 面上圆的正等轴测图（圆的直径为 d）

第一步	第二步	第三步	第四步
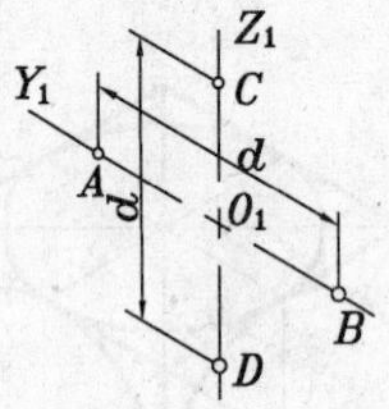	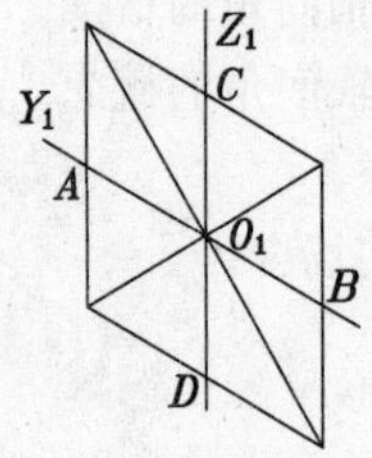	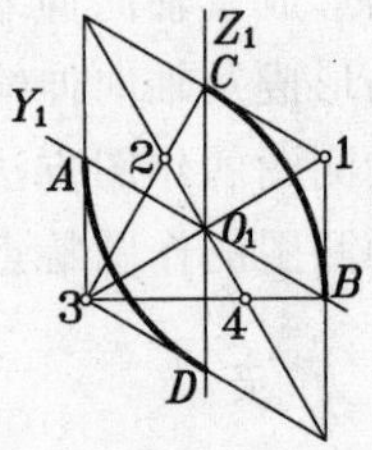	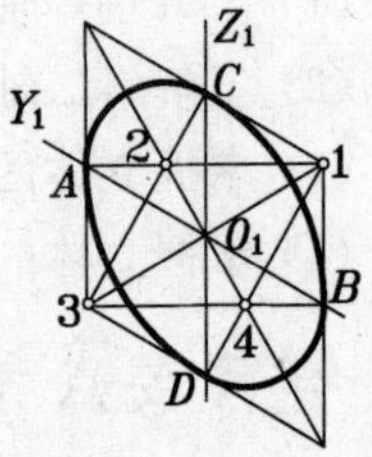
画轴测轴 O_1Y_1，O_1Z_1。分别在 O_1Y_1，O_1Z_1 轴上截取 $\dfrac{d}{2}$，得到 A,B,C,D 四个点	过 A,B 点作 O_1Z_1 的平行线；过 C,D 点作 O_1Y_1 的平行线，得到菱形	连接 $C3$，$B3$，得到圆心 $1,2$，$3,4$。分别以 $1,3$ 为圆心，以 $1A,3C$ 为半径作圆	分别以 $2,4$ 为圆心，以 $2A$，$4B$ 为半径作圆，得到椭圆，完成作图

例 5.1　根据物体的三面投影（图 5-2(a)），画出其正等轴测图。

解　该组合体由底板和立板叠加而成，左右对称。在绘图的过程中，特别是在画椭圆的过程中，一定要确定它所在的坐标面是由哪两个坐标轴组成的。

作图步骤：

（1）画底板和立板的外切立方体。如图 5-2(b)所示。

（2）画底板圆角和立板的半圆柱。如图 5-2(c)所示。

画底板圆角：用半径 R 在棱边上分别截取切点 a,b,c,d，过 a,b,c,d 点分别作相应棱边的垂线，其交点 O_1，O_2 即为表面圆弧的圆心，分别以 O_1，O_2 为圆心，以 a,b,c,d 为切点作两段圆弧。O_1，O_2 分别在 Z 轴方向向下移底板的厚度，得到 O_3，O_4。O_3，O_4 即为下底板圆弧的圆心。以 O_3，O_4 为圆心画二段圆弧，并作右边上下两圆弧的切线，完成底板圆角的作图。立板的椭圆画法步骤如表 5-2 所示。

（3）画底板和立板上的圆柱孔。定两椭圆的中心，画出椭圆，注意立板后表面及底板下表面的椭圆可见部分也应画出，如图 5-2(d)所示。

（4）完成作图，如图 5-2(e)所示。

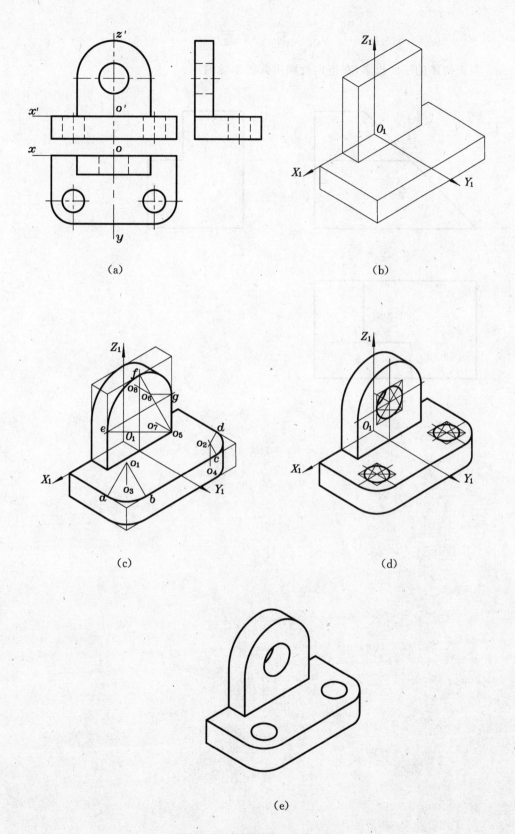

（a）

（b）

（c）

（d）

（e）

图 5-2　正等轴测图的绘图步骤

习 题

1. 根据物体的三面投影,在空白处画出其正等轴测图。

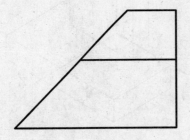
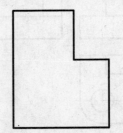
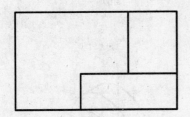

2. 根据物体的三面投影,在空白处画出其正等轴测图。

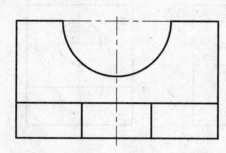 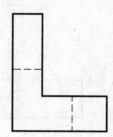

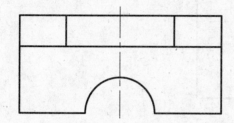

3. 根据物体的三面投影,在空白处画出其正等轴测图。

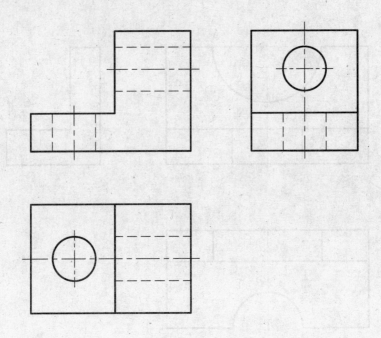

第六章 组 合 体

组合体是由一些基本几何体(棱柱、棱锥、圆柱、圆锥、圆球等)经过叠加或切割而成的。本章主要研究组合体的画图和读图,以及组合体的尺寸标注。

一、学习目的

学习组合体的画图和看图,是为绘制和阅读工程图提供必要的分析方法。通过对投影和作图技能的培养,使我们对物体构型的分析能力与想象能力得以提高和巩固。组合体这一章节是《工程制图》中的重点内容,组合体的尺寸标注是零件图尺寸标注的基础。

二、基本要求

本章引入了视图的概念。根据视图的投影规律,掌握形体分析法和线面分析法,并能在组合体的画图和读图中加以运用;熟悉、了解组合体的尺寸标注方法。

三、学习要点和学习方法

1. 组合体的基本组成形式

组合体分为叠加体、切割体以及叠加和切割的综合形式。叠加体是由若干基本几何体经过简单的叠加而成;切割体可以看成由截平面切割基本几何体或在基本体上穿孔而成。图6-1为组合体中一些常见的基本形体,熟悉这些基本形体及其三视图,将对组合体的画图和读图有很大帮助。

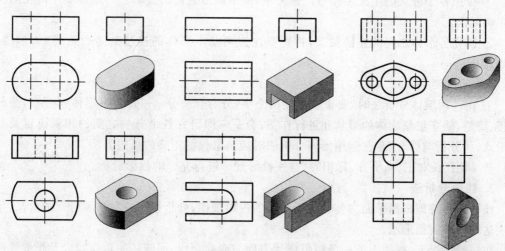

图 6-1 常见的一些基本形体的三视图

在组合体中,通过叠加或切割(穿孔)形成的形体表面有四种情况,即相接、相交、相切、相贯。图 6-2、图 6-3、图 6-4 所示分别为相接、相交、相切的画法,相贯线的画法见第四章中的有关内容,在此略。

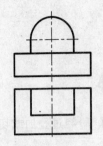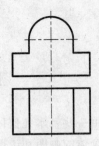

图 6-2　组合体相接的画法

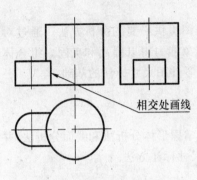

相交处画线

图 6-3　组合体相交的画法

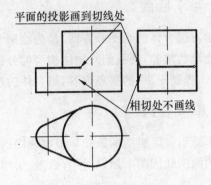

平面的投影画到切线处

相切处不画线

图 6-4　组合体相切的画法

2. 形体分析法

形体分析法即根据组合体的形状，将其分解成若干部分（分块），弄清各个分块的形状、相对位置及表面连接情况。这种方法是画图和读图必须掌握的一种分析方法。

（1）形体分析法的画图和读图步骤：

① 对物体进行形体分析（分块）。

② 按照各个分块的主次和相对位置关系，逐个画出它们的投影。要点是要保持相对位置的正确无误。

③ 研究各形体之间的连接关系，特别要注意两基本形体的连接处是否画错（如多线、漏线等）。

（2）看图要领：

① 在运用形体分析法时，要重点抓住两个字：分与合。分——即分解形体（分块），要分得合理、清楚，便于想象物体的形状和进行作图；合——即研究各个分块之间的相对位置及其连接形式。"分析与综合"是在运用形体分析法时应该掌握的正确的思想方法。

② 利用"长对正、高平齐、宽相等"这一投影规律进行充分的投影分析。

3. 线面分析法

线面分析法即根据平面立体和曲面立体的投影规律，分析视图中"线"和"框"的含义，了解或表达物体的表面形状。

在一般情况下，视图上的一条线可能代表面与面的交线、回转体的转向线以及积聚性的面的投影；视图上的一个封闭线框代表一个平面或一个光滑曲面的投影。不同线框之间的关系，反映了物体表面的变化。

线面分析法通常用于组合体的局部难点分析。

4. 组合体的尺寸标注

组合体的形状由图形来表达，而组合体的大小则要由尺寸来确定。组合体的尺寸在标注时首先要选定尺寸基准——尺寸的出发点,它包括长度方向上的尺寸基准、宽度方向上的尺寸基准和高度方向上的尺寸基准。

作为基准的几何元素通常是组合体的对称面、回转体的轴线和比较大的平面等。

选择好基准后,我们便可按形体分析的方法将组合体分为若干基本形体(分块),然后一一进行标注来确定它们的大小和形状的尺寸(即定形尺寸),接着再标注形体与形体之间的相对位置尺寸(即定位尺寸)。在标注时要注意定位尺寸与基准之间的联系。

通过练习要求熟悉、了解用形体分析的方法标注组合体的尺寸,做到尺寸数量完整(不重复、不缺少),标注规则正确,尺寸布置清晰。

例 6.1　根据组合体的轴测图(图 6-5(a)),画其三视图,并标注尺寸。

解　(1)形体分析。组合体由如图 6-5(b)所示的 I(长方体)、II(竖板)、III(圆柱筒)三部分组成。

(2)确定表达方案。通过分析比较,确定图 6-5(a)中箭头所示的方向为主视的方向。

(3)布置视图。在形体分析时,确定组合体三个方向(长、宽、高)的尺寸基准,为画组合体的三视图及标注尺寸作准备,如图 6-5(c)所示。

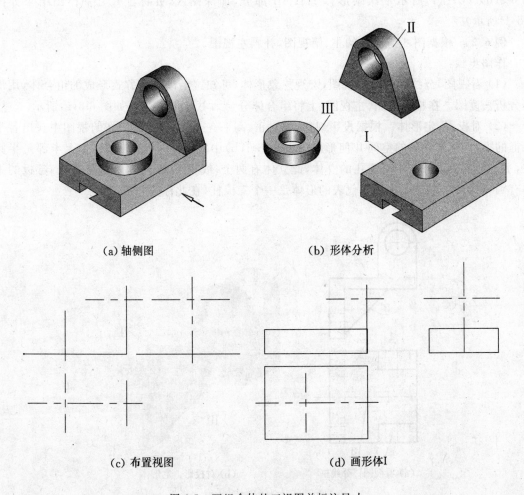

(a)轴侧图　　　　　　　　　　　(b)形体分析

(c)布置视图　　　　　　　　　　(d)画形体I

图 6-5　画组合体的三视图并标注尺寸

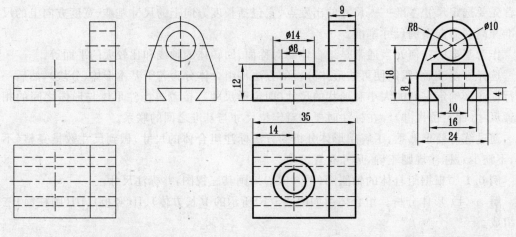

(e) 画形体Ⅱ　　　　　　　　　　　(f) 画形体Ⅲ，标注尺寸，加深图线

图 6-5 （续）

（4）画底稿。基本原则是先主后次，先曲后直，用形体分析的方法，三个视图同时画。如图 6-5(d)、(e)、(f)所示依次画形体Ⅰ、Ⅱ、Ⅲ部分，加深图线，并标注尺寸。作图结果如图 6-5(f)所示。

例 6.2　根据图 6-6(a)中的主、俯视图，补画左视图。

作图步骤：

（1）看视图，分线框。分析视图，宏观想象形体，可知这是以叠加方式形成的组合体，用形体分析法读图。在特征视图(主视图)上将组合体分为第Ⅰ、Ⅱ、Ⅲ部分，如图 6-6(a)所示。

（2）对投影，定形体。根据投影规律(长对正、高平齐、宽相等)，逐一在俯视图中找出各个线框的投影，确定它们的空间几何形状。在图 6-6(b)中，线框Ⅰ代表的形体为上半部是半圆柱，下半部是长方体并带有圆孔的立体，此立体有两个；线框Ⅱ代表的形体是弯板，弯板的下部有圆角和两个小孔；线框Ⅲ代表的形体是一个三棱柱，在此称为肋板。

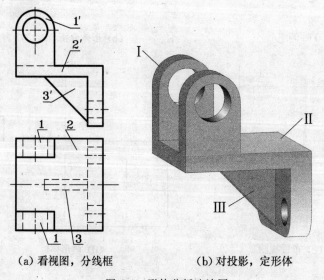

(a) 看视图，分线框　　　　　　　　(b) 对投影，定形体

图 6-6　形体分析法读图

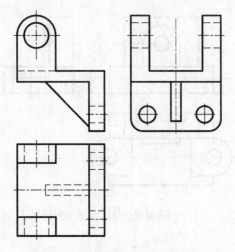

(c) 综合起来想整体，完成第三投影

图 6-6 （续）

（3）综合起来想整体，完成左视图。确定了各个线框所表示的简单几何形体后，分析各部分的相对位置，可以想象出组合体的形状：两个相同形状的立体 I 分别与立体 II 前后端面平齐，III 在 II 的下面，如图 6-6(c)所示。分别补画形体 I、II、III 部分的左视图。

例 6.3 根据 6-7(a)中的主、俯视图，补画左视图。

作图步骤：

（1）看视图，分线框。分析视图，想象形体，可知这是以叠加为主，兼有部分切割的综合形式，用形体分析法读图。在特征视图（主视图）上将组合体分为第 I、II、III 部分，如图6-7(a)所示。

（2）对投影，定形体。根据投影规律（长对正、高平齐、宽相等），逐一在俯视图中找出各个线框的投影，确定它们的空间几何形状。在图 6-7(b)中，线框 I 代表的形体为左右各挖了一个长圆槽的底板；线框 II 代表的形体是竖板，竖板的后表面和底板的后表面平齐并挖了长方形的通槽；线框 III 代表的形体是一个倒立 U 型板，II、III 形体上穿了一个圆柱孔。

（3）综合起来想整体，完成左视图。确定了各个线框所表示的简单几何形体后，分析各部分的相对位置，可以想象出组合体的形状：形体 I 与形体 II 的后端面平齐，III 在 II 的前面、在 I 的上面，如图 6-7(c)所示。分别补画形体 I、II、III 部分的左视图。

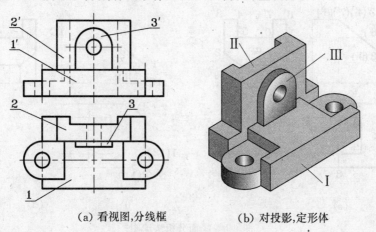

(a) 看视图，分线框   (b) 对投影，定形体

图 6-7 形体分析法读图

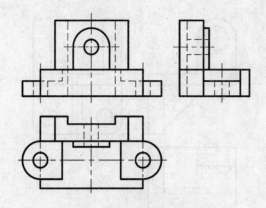

(c) 综合起来想整体,完成第三投影

图 6-7 （续）

例 6.4 根据图 6-8(a)中的主、俯视图,补画左视图。

解 根据已知的主、俯视图,可以推断该组合体为切割形式。因此该题主要用线面分析法来补画左视图。

作图步骤:

(1) 将主、俯两视图进行补充,可以想象,该组合体的原形为长方体,由此画出长方体的左视图,如图 6-8(b)所示。

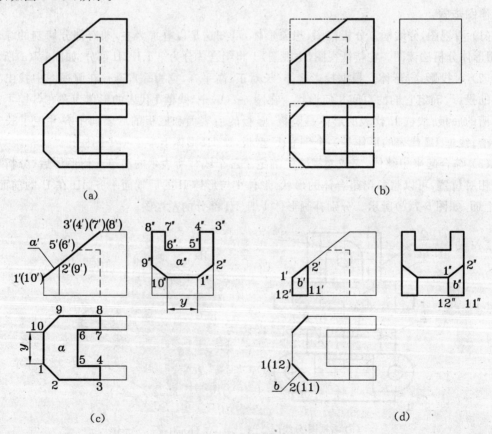

图 6-8 线面分析法读图

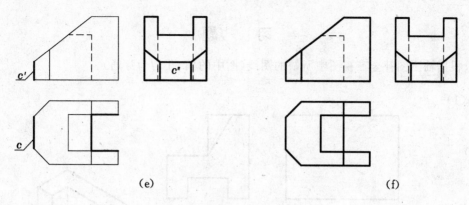

图 6-8 （续）

（2）如图 6-8（c）所示，由主视图中的一条斜线 a'，找到俯视图中与之对应的线框 a，可以判断该平面为正垂面，其左视图为类似形。因此，可求出平面 A 各顶点的左视图 $1''$，$2''$，$3''$，$4''$，$5''$，$6''$，$7''$，$8''$，$9''$，$10''$，再根据俯视图中的各点的顺序依次连接起来，并擦掉 $4''$ 与 $7''$ 之间的连线。

（3）如图 6-8（d）所示，由俯视图中的一条斜线 b，找到主视图中与之对应的线框 b'（即四边形），可以判断该平面为铅垂面，其左视图为类似形。因此，可以求出平面 B 各顶点的左视图 $1''$，$2''$，$11''$，$12''$，然后根据主视图中各点的顺序依次连接起来。从俯视图可以看出：该组合体前后对称，因此只要求前面的 B 面的投影，后面的投影便可对称地求出。

（4）由主视图和俯视图中最左的一条线 c'，c，可以判断 C 平面为侧平面，其侧面投影反映实形（即矩形），如图 6-8（e）所示。

（5）根据俯视图右侧凹进去的图线及主视图对应的虚线，可以判断该组合体在右侧有凹槽，由此，在左视图上补画两条虚线，如图 6-8（e）所示。

（6）检查作图是否有错，按线型的要求加深粗实线，完成作图，如图 6-8（f）所示。

总结：组合体在画图和读图时主要以形体分析法为主，以线面分析法为辅。具体来讲在研究叠加体的时候主要是运用形体分析法，在研究切割体时则主要是运用线面分析法。画图时还要注意各形体之间的结合方式，判断图线的去留，及时擦去不要的图线，最后加粗即可见轮廓线。

习　题

1. 根据轴测图补全三视图中所缺的图线（图中的槽、孔均为穿通）。

（1）

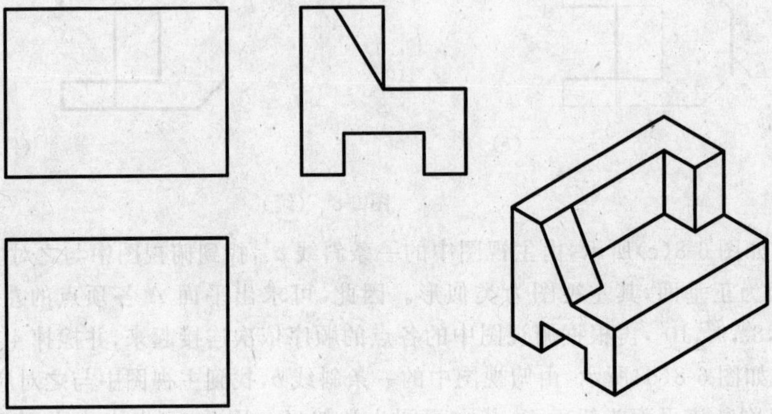

（2）

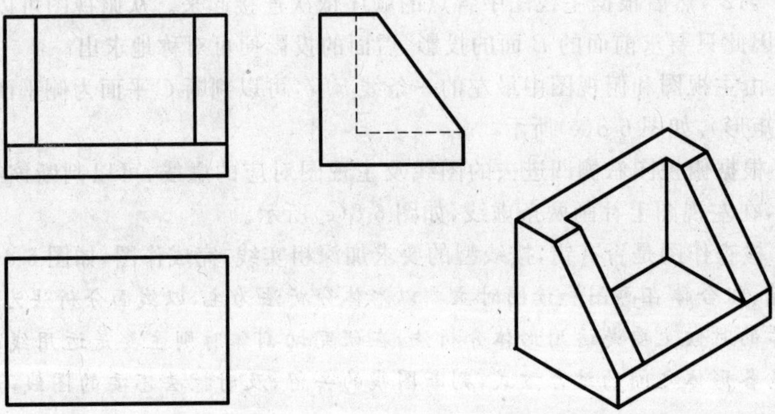

（3）

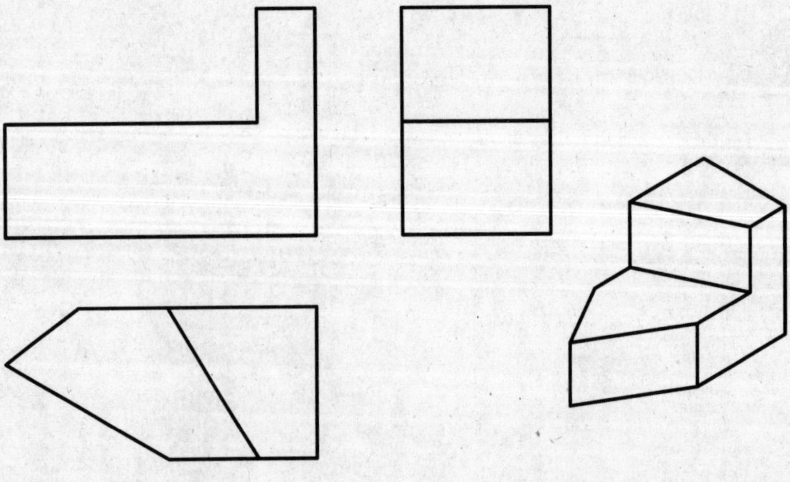

(4)

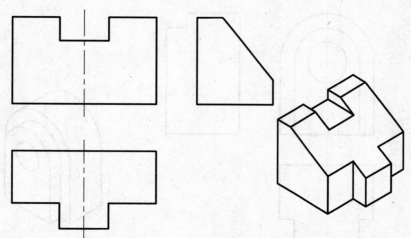

(5)

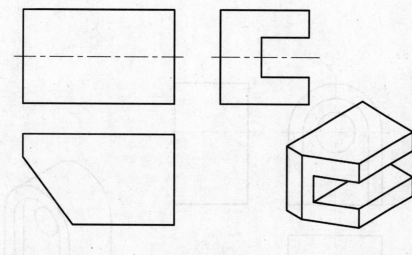

(6)

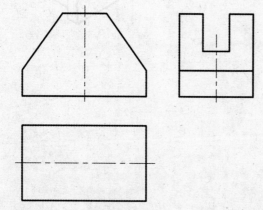

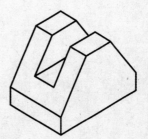

（7）

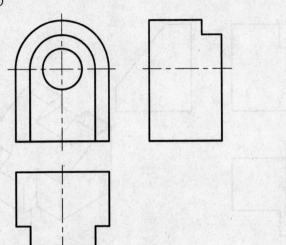

（8）

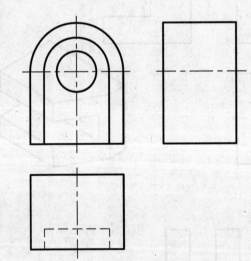

2. 根据正等轴测图画三视图(徒手画)。

(1)

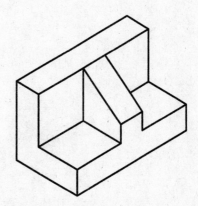

(2)

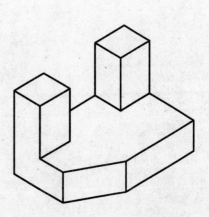

（3）

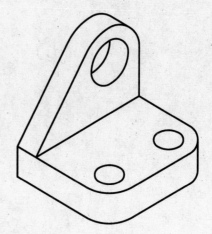

（4）

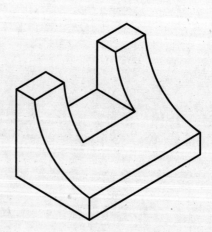

（5）

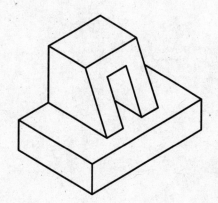

（6）

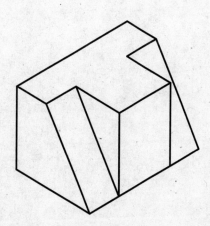

（7）

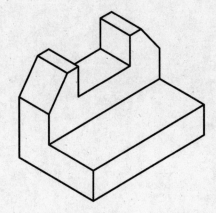

（8）

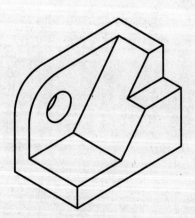

3. 根据正等轴测图画组合体的三视图(用仪器画,尺寸取整,比例为 1∶1,三圆柱孔均为通孔)。

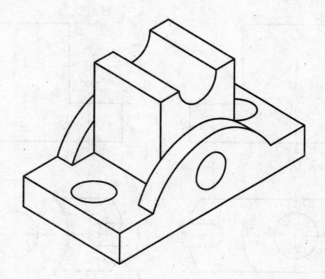

4. 补画主视图中所缺的图线。

（1）

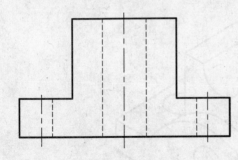
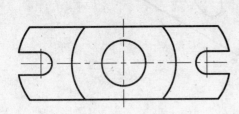

（2）

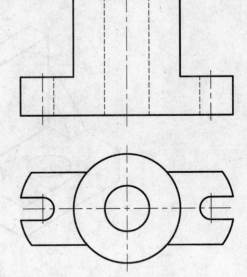

（3）

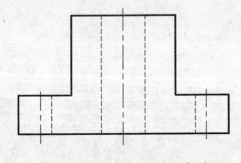
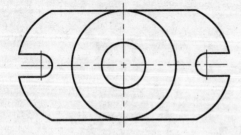

（4）

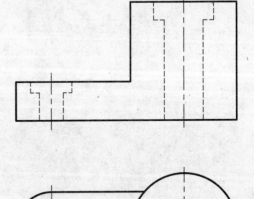

（5）　　　　　　　　　　　　　　（6）

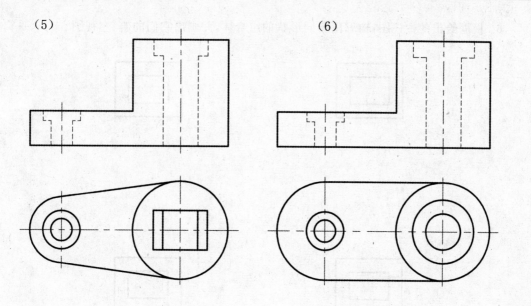

5. 看懂视图，并补全三视图上的漏线。

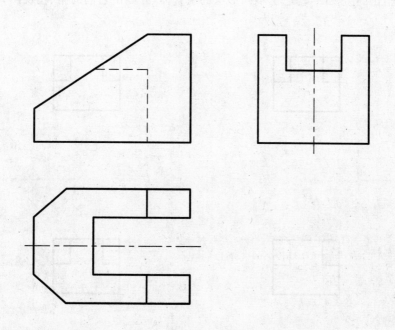

6. 根据给出的主视图,构思出不同形状的组合体,并画出它们的俯、左视图。

7. 根据给出的主视图,构思出不同形状的组合体,并画出它们的俯、左视图。

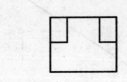

8. 根据给出的俯视图,构思出不同形状的组合体,并画出它们的主、左视图。

9. 根据给出的主、俯视图,构思出不同形状的组合体,并画出它们的左视图。

10. 标注组合体尺寸(尺寸数字直接从图上量取整数)。

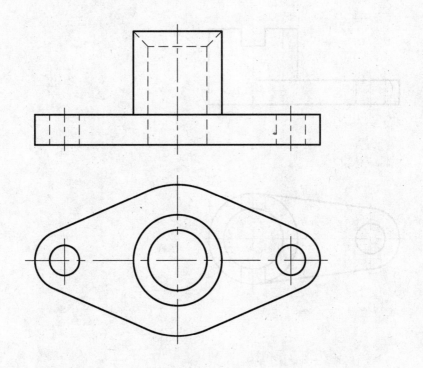

11. 标注组合体尺寸(尺寸数字直接从图上量取整数)。

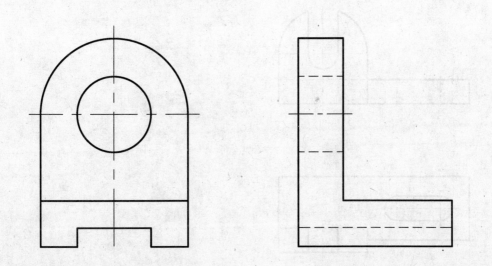

12. 补画左视图并标注组合体尺寸(尺寸数字直接从图上量取整数)。

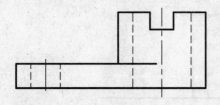

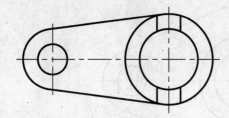

13. 补画左视图并标注组合体尺寸(尺寸数字直接从图上量取整数)。

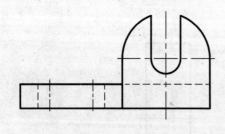

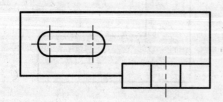

14. 看懂视图,并补画第三视图。

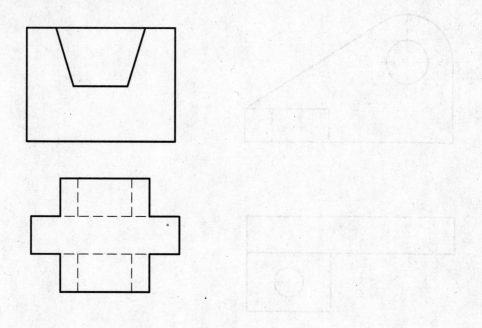

15. 看懂视图,并补画第三视图。

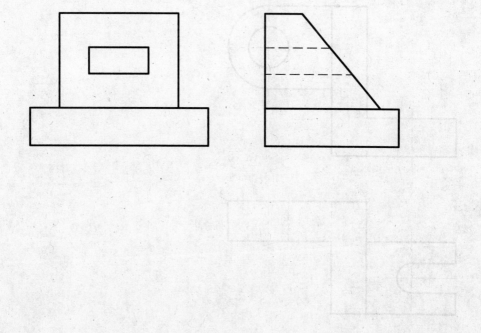

16. 看懂视图,并补画第三视图。

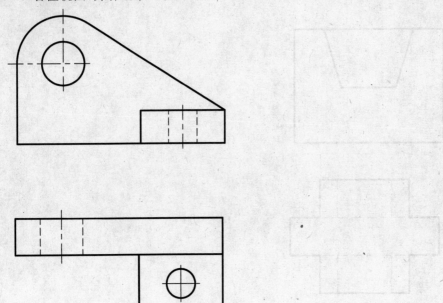

17. 看懂视图,并补画第三视图。

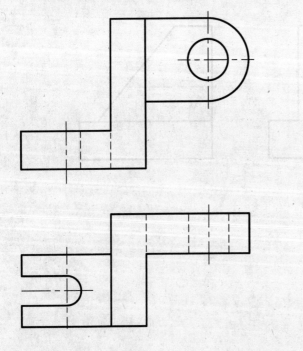

18. 看懂视图，并补画第三视图。

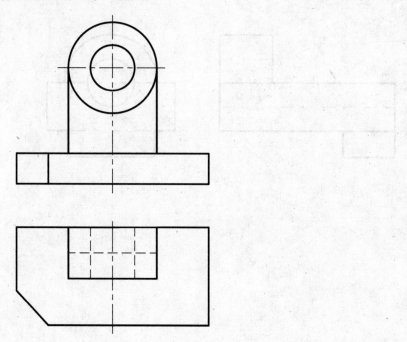

19. 看懂视图，并补画第三视图。

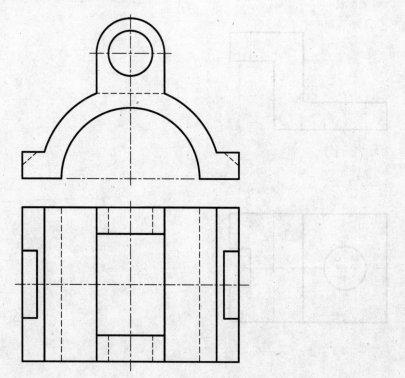

20. 看懂视图,并补画第三视图。

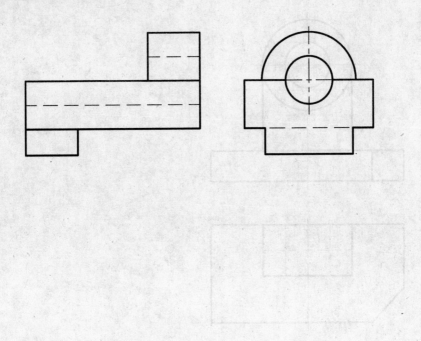

21. 看懂视图,并补画第三视图。

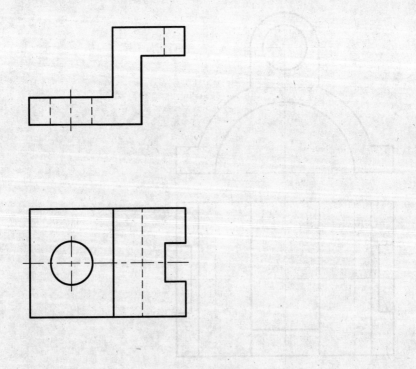

22. 看懂视图,并补画第三视图。

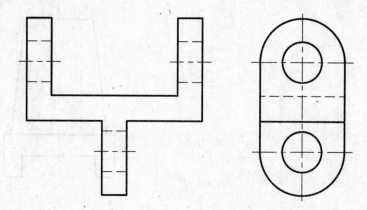

23. 看懂视图,并补画第三视图。

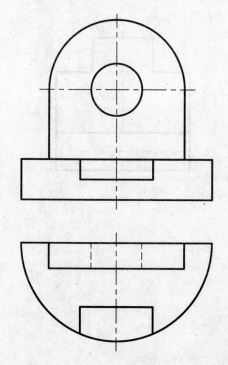

24. 看懂视图,并补画第三视图。

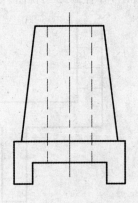

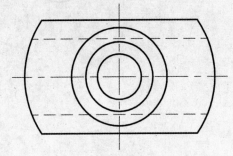

25. 看懂视图,并补画第三视图。

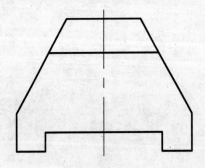 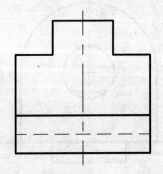

26. 看懂视图,并补画第三视图。

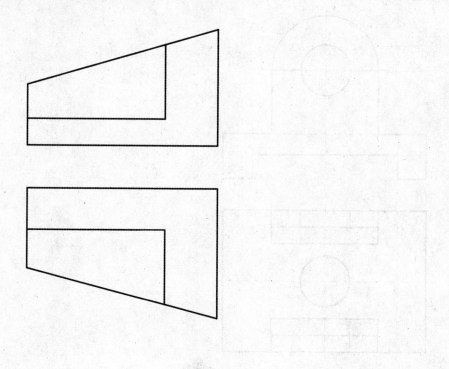

27. 看懂视图,并补画第三视图。

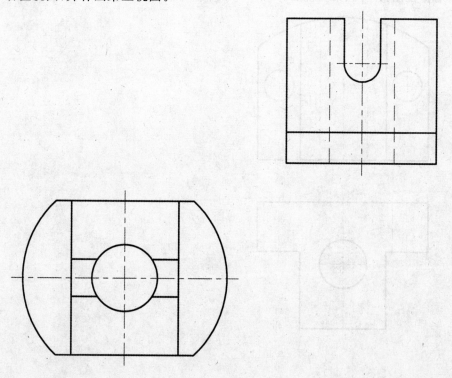

28. 看懂视图，并补画第三视图。

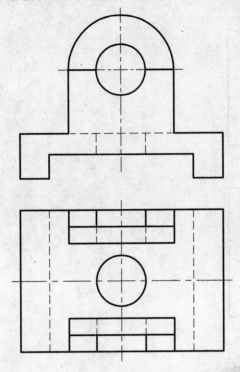

29. 看懂视图，并补画第三视图。

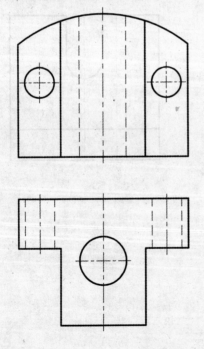

30. 看懂视图，并补画第三视图。

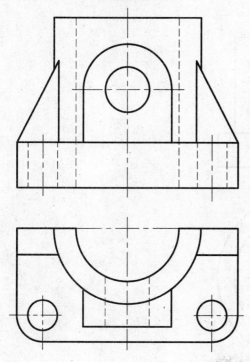

31. 看懂视图，并补画第三视图。

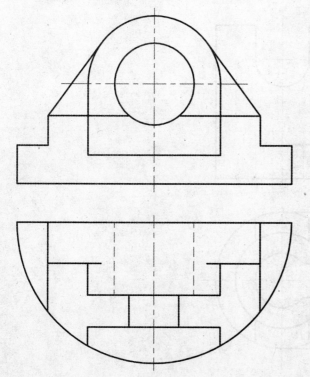

32. 看懂视图,并补画第三视图。

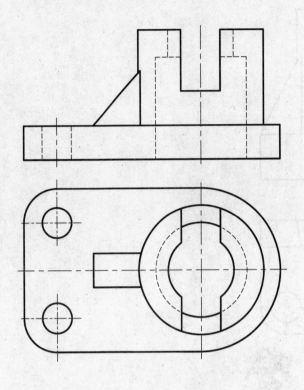

33. 看懂视图,并补画第三视图。

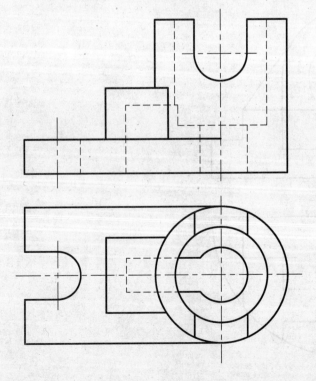

34. 完成立体的正面投影。

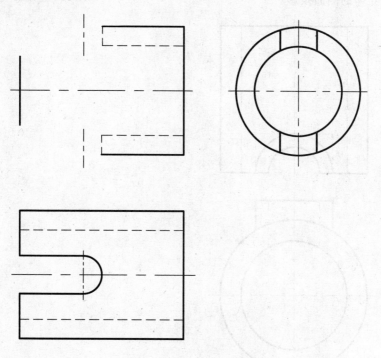

35. 完成立体的侧面投影。

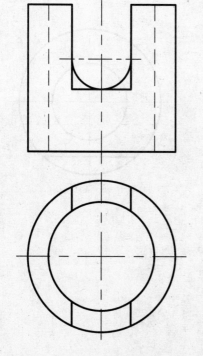

36. 完成立体的侧面投影。

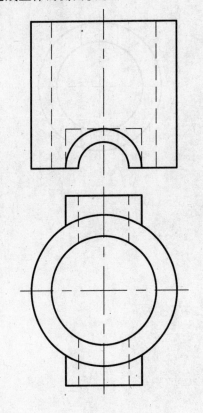

37. 完成立体的水平投影。

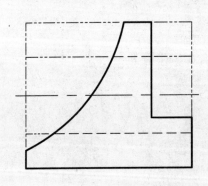
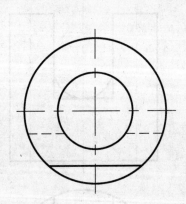

38. 看懂立体,补全水平投影上的漏线。

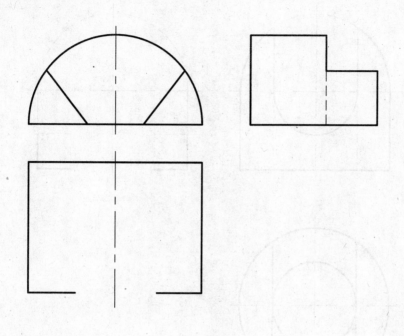

39. 看懂立体,补全水平投影中的漏线并画出侧面投影。

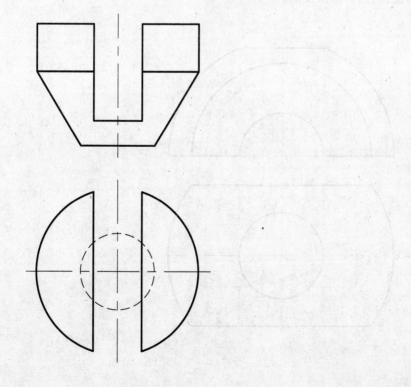

40. 看懂立体,补全侧面投影中的漏线。

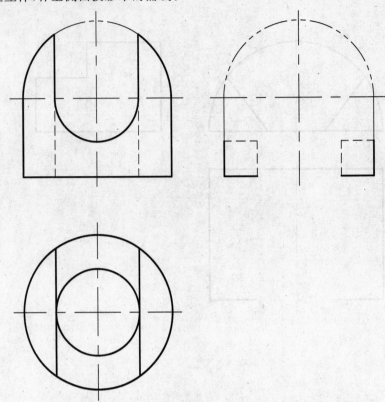

41. 看懂立体,画出侧面投影。

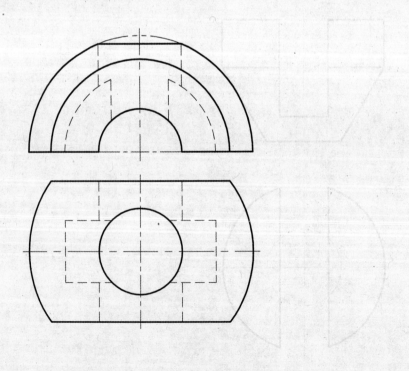

第七章　机件形状表达方法

三视图在表达复杂机件的形状或结构时,特别是机件的内部机构,往往不能达到准确、完整、清晰的要求。为了满足这些要求,国家标准《技术制图》中规定了一系列的表达机件的方式——视图、剖视图、断面图、局部放大图以及规定画法和简化画法等。

一、学习目的

以简单的图形来表示复杂的内部结构为目的,学习各种机件的表达方法及其规则。

二、基本要求

熟练掌握视图、剖视图、断面图的画法以及剖切面的标注形式,熟悉它们的应用场合。能初步选用适当的表达方法表示清楚机件的结构形状。掌握常见的简化画法和其他规定画法。了解第三角投影的画法。

三、学习要点和学习方法

(1) 机件的各种表达方法。

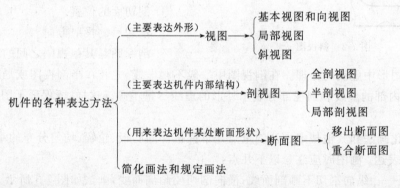

(2) 机件各种表达方法的重点是熟练掌握它们的画法和标注方法。由于剖视的目的是为了表达机件的内部结构形状,所以剖切平面的位置和投射方向的选择,必须位于有利于表达内部结构形状的真实情况处。由于这部分内容的规定太多,在应用上不容易掌握,只有多做练习才能深刻理解、融会贯通。

由于剖视图在表达机件内部结构的同时,其外部机构可能被遗漏,这使机件的内外结构在表达上产生了矛盾。这里介绍如何处理好这一类型的矛盾的方法供大家参考。

用单一剖切平面剖切物体为例,我们可以得到全剖视图、半剖视图、局部剖视图,可是我们应选择哪一种呢? 这时要根据视图所表达的内容灵活掌握。若视图的目的完全在于表达内部,则取全剖视图;若视图要取内外形状,则选用半剖视图或局部剖视图来表达,见例7.1。

(3) 在学习"视图"时应注意的问题:

① 基本视图(主视图、俯视图、左视图、后视图、仰视图、右视图)如按投射关系配置,则不加任何标注,如图 7-1(a)所示;任意配置的基本视图(后视图、仰视图、右视图)称为向视图,向

视图需加标注,如图 7-1(b)所示。

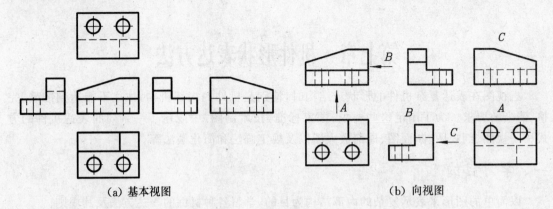

(a) 基本视图　　　　　　　　　　(b) 向视图

图 7-1　基本视图的配置

② 局部视图用来表达机件的某处局部形状,实际上是基本视图的一部分。

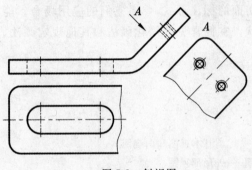

图 7-2　斜视图

③ 斜视图是用来表达机件上倾斜结构的实形,通常只表示局部结构,所以用局部视图的方式来画,如图 7-2 所示。

注意:图中的大写字母只能水平书写。

(4) 视图、剖视图、断面图的标注,关键在于理解标注的目的和标注的方法,使其能表明:

① 剖切面的位置。

② 剖切后的投射方向。

③ 剖视图与其他视图之间的对应关系。

(5) 对图形中虚线的处理。在剖视图中一般不画虚线,尤其在半剖视图或局部视图中,视图部分表示内部的虚线和剖视部分表示外形的虚线尽量不画。这样,既保证了图形清晰,又便于看图。

(6) 简化画法和其他规定画法的重点是掌握机件的肋板、轮辐、均匀分布的小孔等结构在剖视图中的表达。画图时应注意以下几点:

① 肋板——纵向剖切不画剖面线,横向剖切要画剖面线,画法如图 7-3 所示。

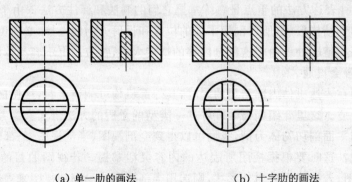

(a) 单一肋的画法　　　　　　(b) 十字肋的画法

图 7-3　规定画法(一)

② 均匀分布的小孔和肋板——当这些结构不在剖切面上的时候,应将它们旋转到剖切面

上后再画出，如图 7-4 所示。

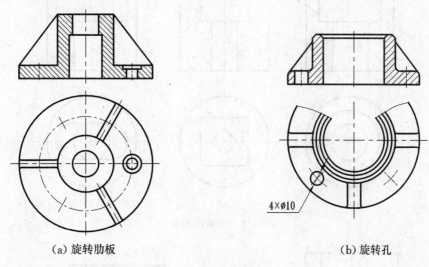

（a）旋转肋板　　　　　　　　　　　　　（b）旋转孔

图 7-4　规定画法（二）

（7）在画剖视图时，注意避免下列常犯的错误：

① 漏线，特别是漏画剖切面后机件的可见轮廓线，如图 7-5 所示。图 7-6 为正确的画法。

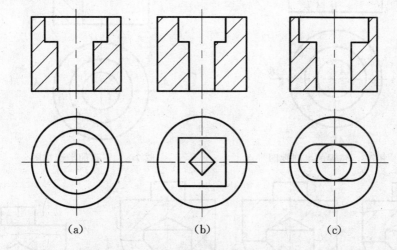

（a）　　　　　　　　（b）　　　　　　　　（c）

图 7-5　剖视图中常见的错误画法

② 在标注方面，用"几个相交的剖切平面"或"几个平行的剖切平面"剖切后画出的剖视图一定要标注，并有规定的标注形式，在剖切时一般要求被切到的内部结构是完整的。在标注时容易出错，特别是画半剖视图时，出现在图 7-7 俯视图中的标注是常见的错误。值得注意的是半剖视图的标注与全剖视图的标注完全一致，正确的标注形式如图 7-8 所示。学习这部分时应多看相关的国家标准规定。

③ 画半剖视图时，将视图与剖视图的分界线错误地画为粗实线，如图 7-7 中主视图所示。正确的半剖视图应该用细点画线作为分界线，如图 7-8 所示。

④ 画局部剖视图时，常会将视图与剖视图的分界线——波浪线画错。错的形式有：将波浪线画出机件实体之外；或将波浪线由轮廓线代替，或遇到通孔、通槽也不断开等，图 7-9、图 7-11（a）中示例了错误画法。正确的表达方式如图 7-10、图 7-11（b）所示。

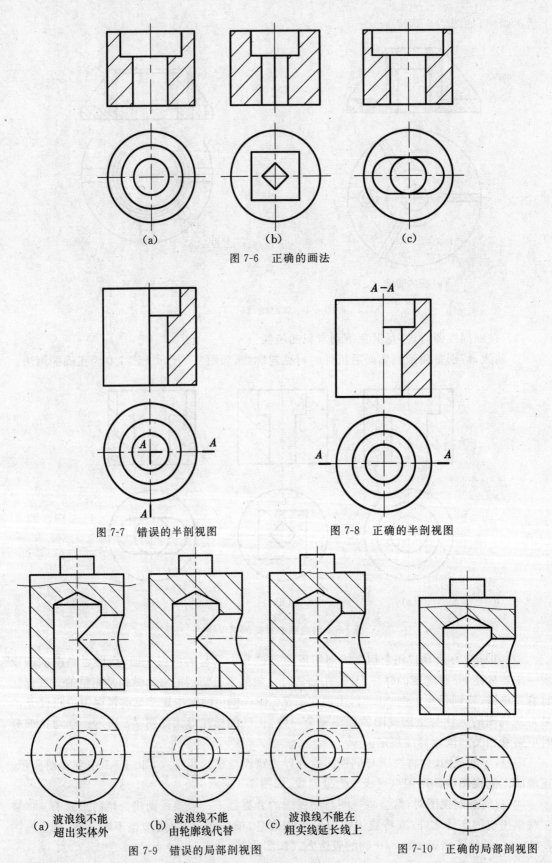

(a)　　　　　　　(b)　　　　　　　(c)

图 7-6　正确的画法

$A-A$

图 7-7　错误的半剖视图　　　　　　　　图 7-8　正确的半剖视图

(a) 波浪线不能
　　 超出实体外
(b) 波浪线不能
　　 由轮廓线代替
(c) 波浪线不能在
　　 粗实线延长线上

图 7-9　错误的局部剖视图　　　　　　　　图 7-10　正确的局部剖视图

⑤ 画剖面线时,在同一零件的各剖视图上错画出不同方向或间隔的剖面线,如图 7-11(a)所示。正确的画法为图 7-11(b)中的剖面线,其方向、间隔必须一致。

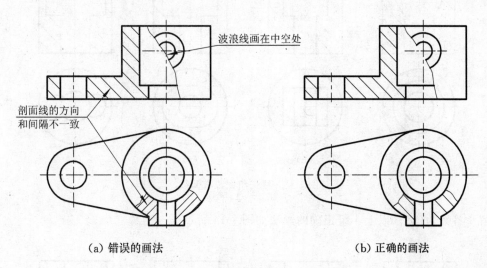

(a) 错误的画法　　　　　　　　　　(b) 正确的画法

图 7-11　波浪线与剖面线的画法

(8) 举例说明机件的表达方法。

例 7.1　分析已知视图 7-12(a),选用适当的剖视图来表达该机件。

解　(1) 分析主视图的表达方法:若画全剖视图,机件左方耳形结构上的阶梯圆柱孔未表达清楚;若画半剖视图,其机件左右结构不对称,则采用局部剖视图表达,如图 7-12(b)所示。

(2) 分析俯视图的表达方法:除耳形结构上阶梯孔外,其他结构的形状及位置都已表达清楚,故采用局部剖视图表达。如图 7-12(b)所示。

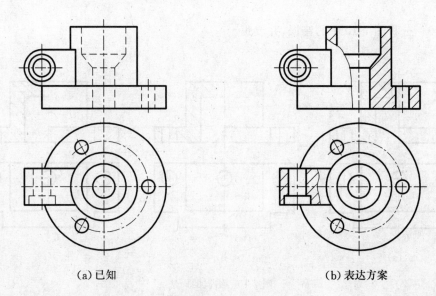

(a) 已知　　　　　　　　　　(b) 表达方案

图 7-12　表达机件

例7.2 在如图 7-13 所示 4 组图中,试指出哪一组图为正确的画法,并改正错误的图。

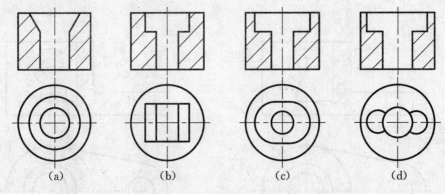

图 7-13 哪一组图没有漏线

解 答案为(b)。以上 4 组正确的画法如图 7-14 所示。

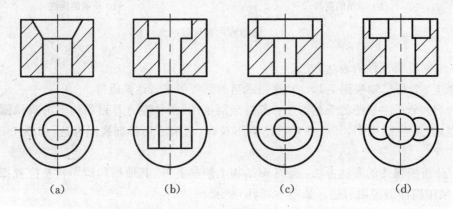

图 7-14 正确的画法

例7.3 分析图 7-15 中的错误,并改正。

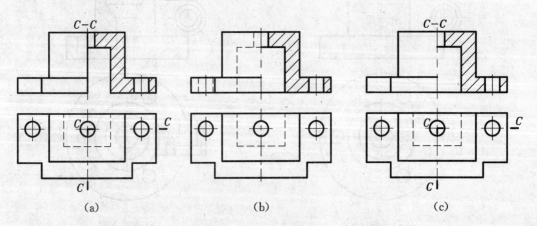

图 7-15 错误的画法

解 图 7-15(a)中剖视图标注错误以及错误地将剖视和视图的分界线画成了粗实线;图 7-15(b)中主视图的剖视部分下表面凹形部分的外形投影画多了,视图部分的虚线可不画;图 7-15(c)中主视图的错误与图 7-15(b)的错误一样,同时在俯视图中半剖视图的标注形式也是错误的。正确的画法如图 7-16 所示。

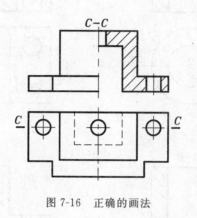

图 7-16 正确的画法

例 7.4 分析图 7-17 中局部剖视图的错误,选择正确的画法。

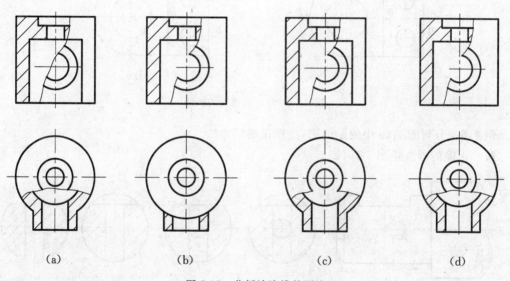

(a)　　　　　　　　(b)　　　　　　　　(c)　　　　　　　　(d)

图 7-17 分析波浪线的画法

解 正确画法为图 7-17(d)。

图 7-17(a)中的主视图波浪线不能穿过圆孔;图 7-17(b)中的俯视图波浪线不能和粗实线重合;图 7-17(c)中的俯视图波浪线不能断开。

例 7.5 分析图 7-18 中剖视图的错误,选择正确的画法。

解 这是由平行平面剖切后画出的全剖视图,正确的画法为图 7-18(c)。

图 7-18(a)中圆孔不能只剖一半,应剖完整;图 7-18(b)中的主视图多画了剖切平面的分界线;图 7-18(d)中的俯视图剖切平面符号标注时不能和轮廓线重合。

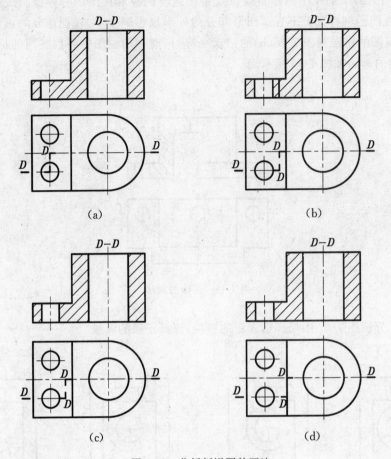

图 7-18 分析剖视图的画法

例 7.6 分析图 7-19 中的断面图,选择正确的画法。

解 正确的画法是图 7-19(b)。

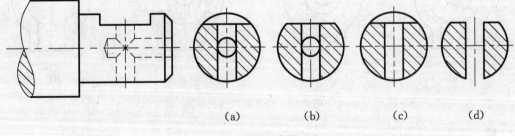

图 7-19 选择正确的画法

习　题

1. 补全基本视图（画出所有虚线）。

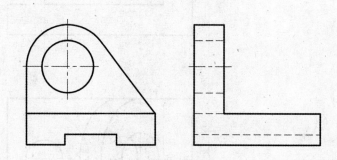

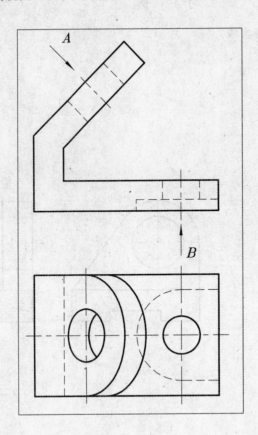

2. 根据主、俯视图,画出 A 向斜视图和 B 向局部视图。

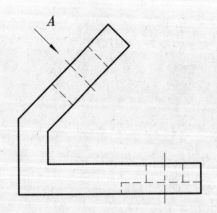

3. 用适当的其他视图代替左视图。

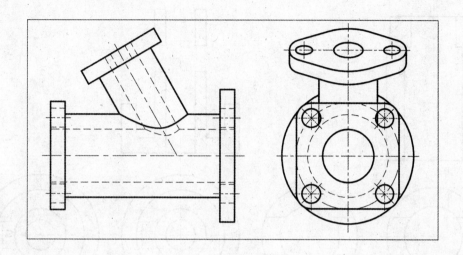

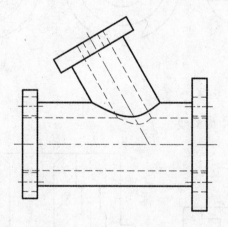

4. 分析图中的错误,在指定的位置上作正确的剖视图。

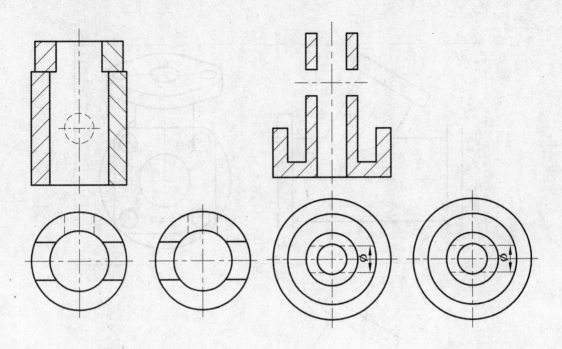

5. 分析图中的错误,补全剖视图中的漏线。

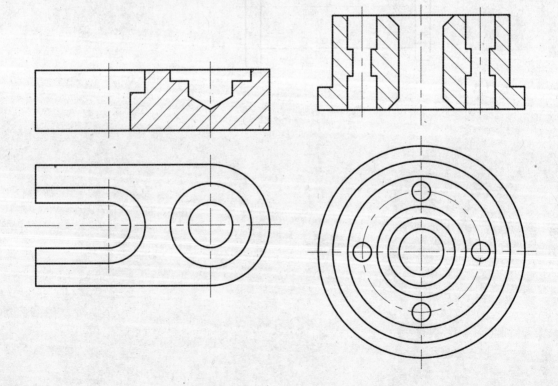

6. 将零件的主视图改画成全剖视图。

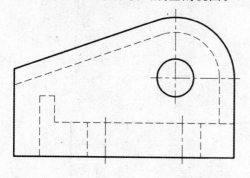

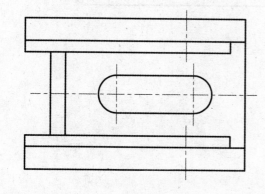
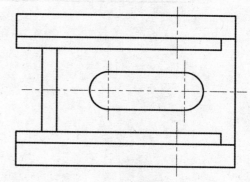

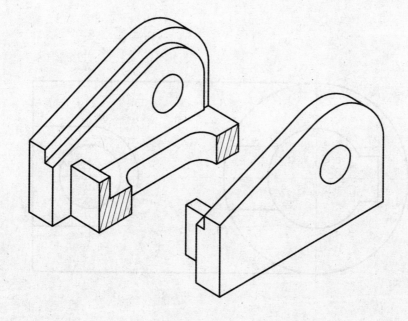

7. 将零件的主视图改画成全剖视图。

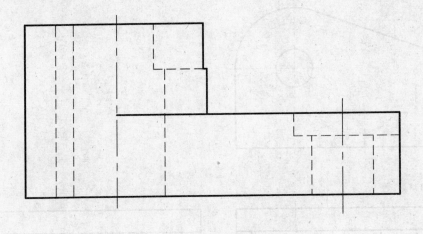

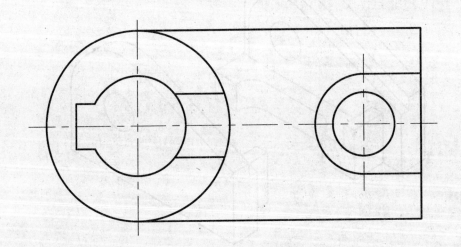

8. 在指定位置将左视图改画为全剖视图。

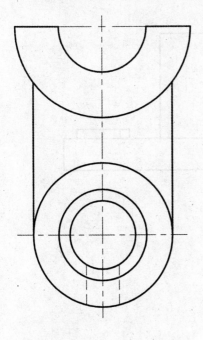
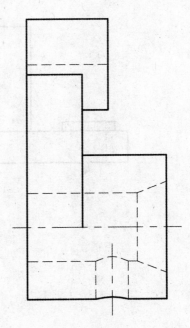

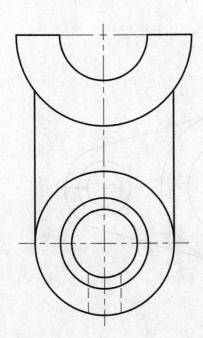

9. 将主视图画成半剖视图。

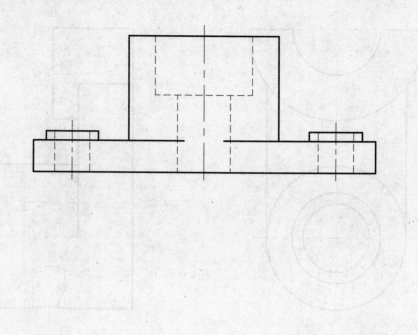

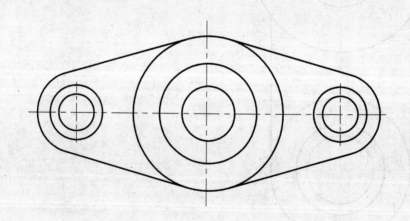

10. 将主视图画成半剖视图。

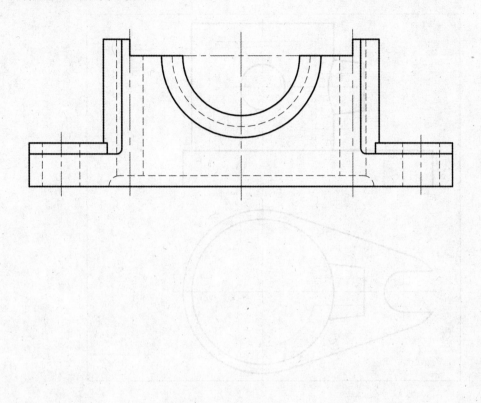

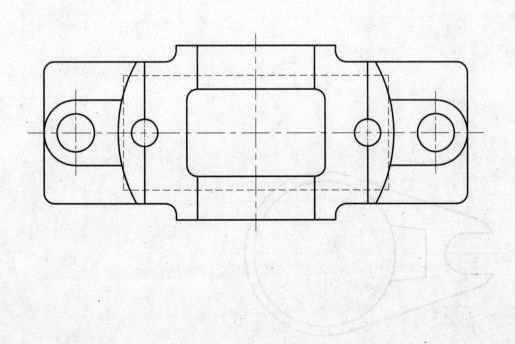

11. 将零件的主视图改画成全剖视图,将左视图画成半剖视图。

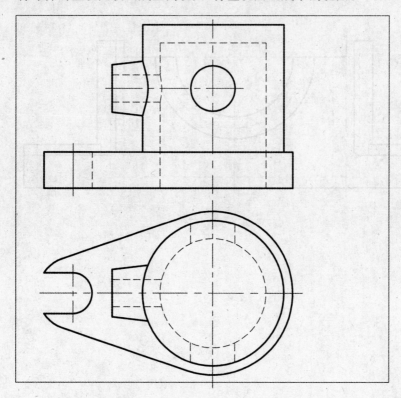

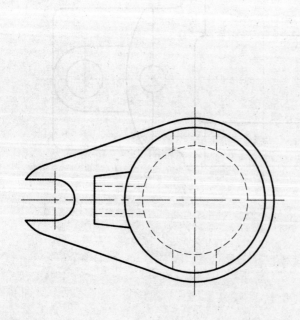

12. 将主视图画成全剖视图。

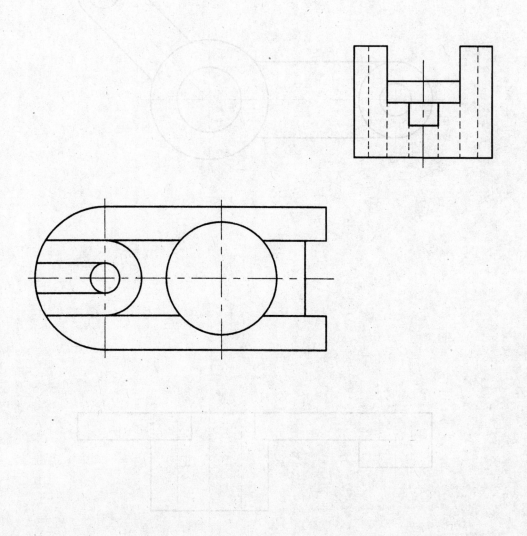

13. 用适当的剖切形式将零件的俯视图改为全剖视图。

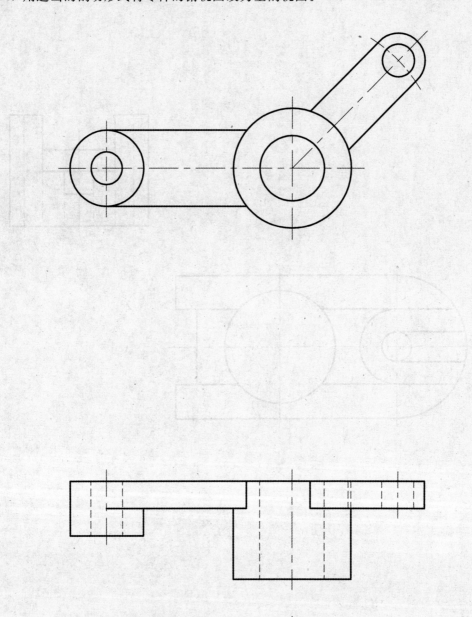

14. 用适当的剖切形式将零件的主视图改为全剖视图。

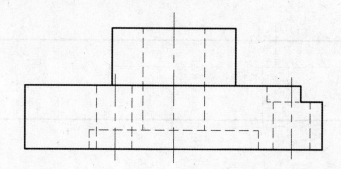

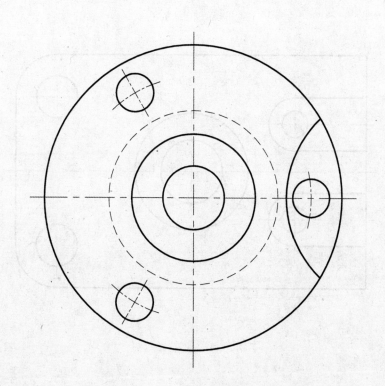

15. 选择适当的剖切形式将主视图画成全剖视图。

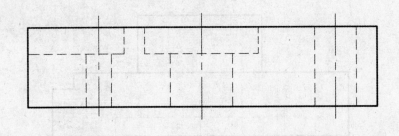

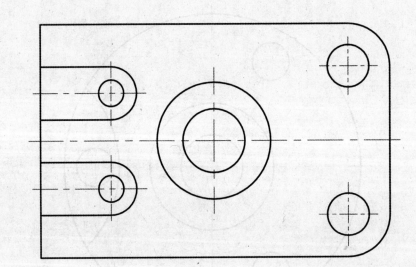

16. 在指定的位置上将零件的主视图作全剖视图,俯视图作局部剖视图。

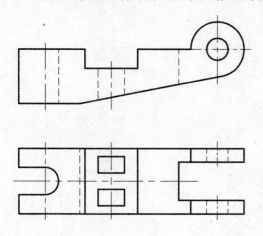

17. 完成 $A—A$ 剖视图。

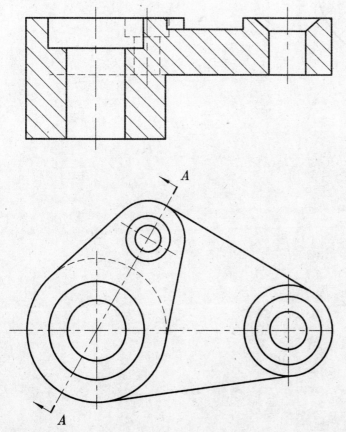

18. 分析局部剖视图中的错误,作出正确的局部剖视图。

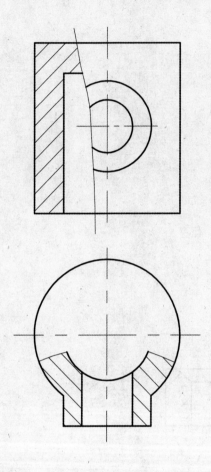

19. 在下边空白处将主视图、俯视图画成局部剖视图。

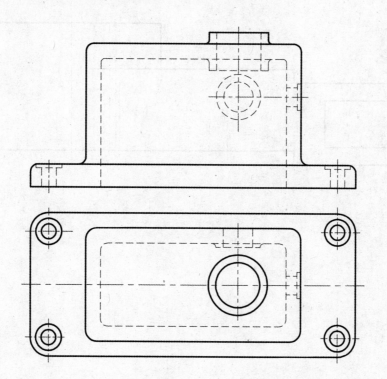

20. 将主视图作全剖视图。

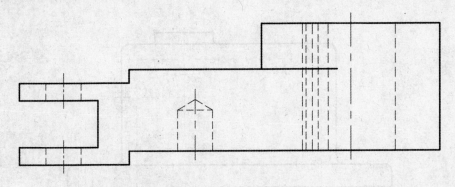

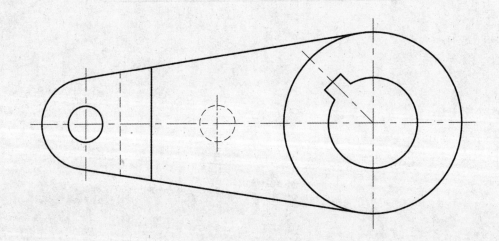

21. 将主视图作全剖视图。

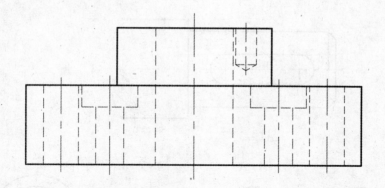

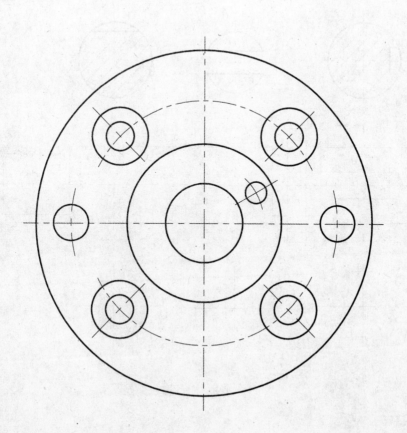

22. 根据主视图判别哪个 A—A 断面图是正确的(正确的打"✓")。

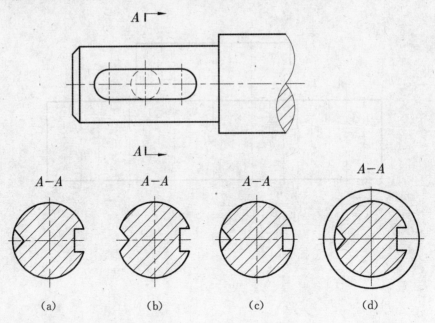

23. 重新画出三个正确的移出断面图。

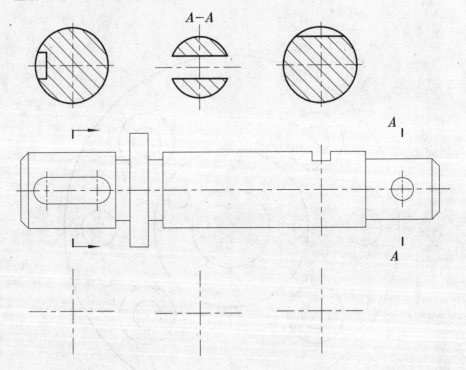

24. 在指定位置求作两个移出断面图。

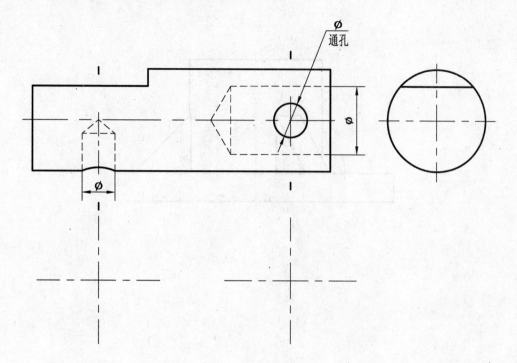

25. 求作 $A—A$、$B—B$、$C—C$ 移出断面图。

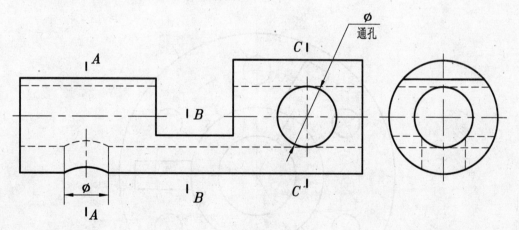

26. 按规定画法画出主视图的全剖视图。

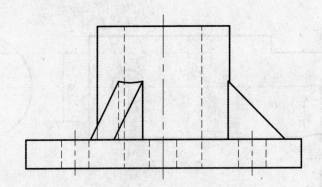

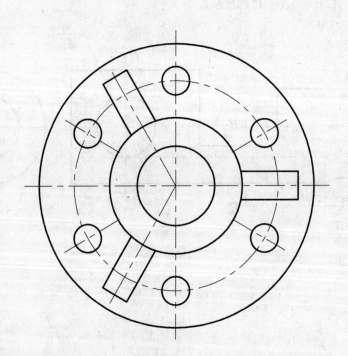

27. 将俯视图改为剖视图,并画出 B—B 断面图。

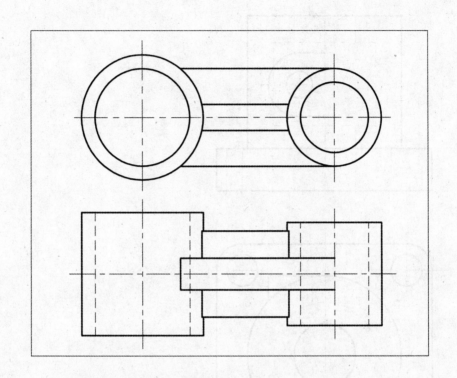

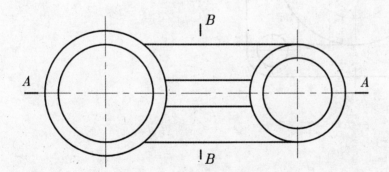

28. 在右边空白处用适当的方法来表达该零件。

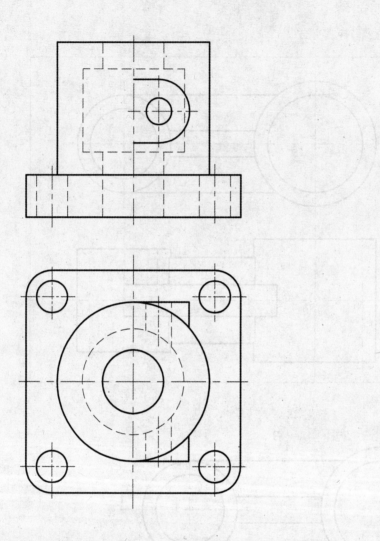

第八章　常用机件的特殊表示法

在机器零件中,有些零件(如:起连接作用的螺钉、螺栓、螺母、垫圈、销和键;起传动作用的齿轮;起储能作用的弹簧;起支承作用的各种滚动轴承等),在各种不同机器中都经常用到,为便于专业化大量生产、使用和简化设计,提高产品质量和生产效率,对其中一些常用零件的结构要素、形状、大小和规格,都制订了明确的标准,如螺纹紧固件。有一些常用机件,如滚动轴承、键、销,在使用中必须保证互换性,除了结构要素、形状、大小、规格外,还制订了严格的公差要求。由于这些零件已经全部标准化,我们称之为常用标准件。有些常用件,如齿轮、弹簧等,其结构已经定型,国家标准对其进行了部分标准化,我们称之为常用非标准件。工程图学中,这些常用机件与结构要素的表示采用了不同于前面的表示法,采用简单的线条和代号表示,我们称之为特殊表示法。

一、学习目的

通过本章的学习,应了解常用机件在机器或部件中的基本作用和各类零件的标准化水平,掌握特殊表示方法与工程图的基本表示方法的区别,在此基础上牢固掌握常用零部件的绘图方法;并能根据常用零件的标注规定,正确标注有关常用件的标注代号,能通过标注代号查找常用件的规定参数。

二、基本要求

(1) 了解螺纹的类型、结构、参数及标记。
(2) 熟练掌握普通内、外螺纹及其连接的画法。
(3) 掌握螺栓连接、双头螺柱连接及螺钉连接的画法。
(4) 了解键连接、销连接的类型、标记和画法。
(5) 能借助有关资料画出轴承及齿轮的视图,并能在装配图中看懂它们。
(6) 初步掌握查阅各标准规格的方法。

三、学习要点和学习方法

1. 区分内、外螺纹大径和小径的线型

如图 8-1 所示。
(1) 外螺纹的大径用粗实线表示,小径用细实线表示。
(2) 在剖视图中,内螺纹的小径用粗实线表示,大径用细实线表示,剖面线必须画到粗实线处。

大径是指螺纹的最大直径,对外螺纹而言即牙顶所在的直径;对内螺纹而言即牙底所在的直径。

小径是指螺纹的最小直径,对外螺纹而言即牙底所在的直径;对内螺纹而言即牙顶所在的直径。通过公称尺寸、规格尺寸可在有关的螺纹标准中查得。

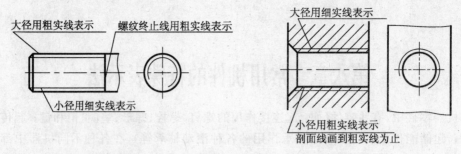

（a）外螺纹的规定画法   （b）内螺纹的规定画法

图 8-1 螺纹的规定画法

2. 内、外螺纹旋合时的表示方法

国家标准规定内外螺纹旋合时，旋合的部分按外螺纹来表示，如图 8-2 所示。

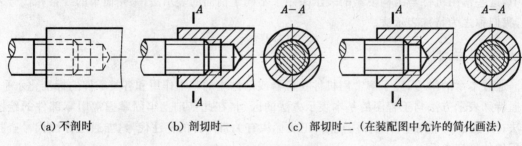

（a）不剖时   （b）剖切时一   （c）部切时二（在装配图中允许的简化画法）

图 8-2 旋合螺纹的画法

3. 螺纹紧固件连接时的画法

画螺纹紧固件时一定要了解它们的装配过程，这对我们画图有一定的帮助。

（1）螺栓连接的画法。图 8-3 表示了螺栓的装配过程。这里要注意的是为了使螺栓能顺利地穿过孔结构，孔的尺寸必须大于螺栓的尺寸，即 $d_0 = 1.1d$（d_0 为孔的直径，d 为螺纹的大径）。螺母和螺栓的六角头的投影应符合三视图的投影关系。为了使螺母拧紧，螺栓的螺纹终止线必须画在孔的结构里。

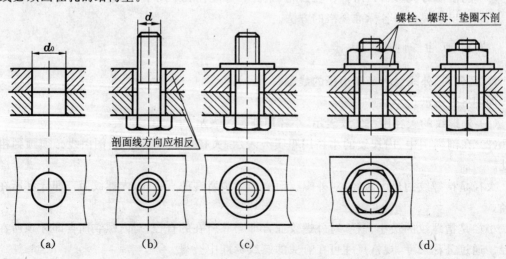

图 8-3 螺栓连接的装配过程

（2）螺钉连接的画法。图 8-4 表示了螺钉的连接过程。为了使螺钉能起到紧固的作用，螺钉的螺纹终止线必须在分界面以上，螺钉拧到位后还有多余的螺纹孔，即螺孔的螺纹终止线比螺钉杆的端头还要深。一字槽结构在轴向投影中要画成与投影面垂直的状态，在径向投影中要画成斜向由右上角向左下角方向倾斜 45°，如图 8-4(d)中所示。

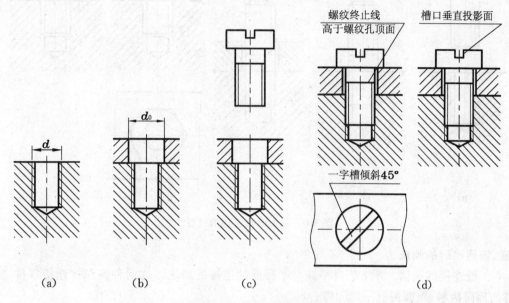

图 8-4　螺钉连接的过程

例如，图 8-5 为半圆球头螺钉和沉头螺钉的画法。

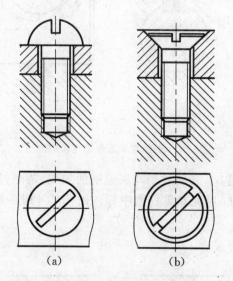

图 8-5　为半圆球头螺钉和沉头螺钉的画法

（3）双头螺柱连接的画法。图 8-6 为双头螺柱的紧固过程。双头螺柱拧紧在螺纹孔的结构上后，其拧入端的螺纹终止线与螺纹孔端口平齐，如图 8-6(b)所示。从紧固过程的图形可知，下方的绘制与螺钉紧固相似，上方的绘制与螺栓紧固一致。双头螺柱紧固中的弹簧垫圈开口的绘制如图 8-6(d)中所示。

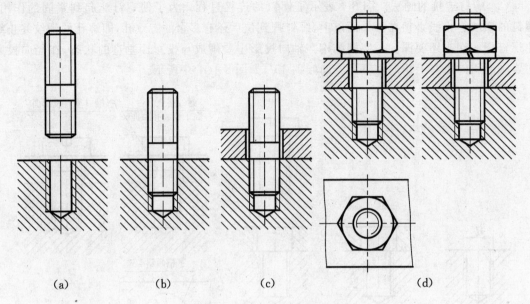

图 8-6 双头螺柱连接的过程

4. 键、销连接时的画法

（1）键连接的画法。图 8-7 为平键与半圆形键连接的画法。这两种键与被连接零件之间是键的侧面接触，顶面留有一定间隙。

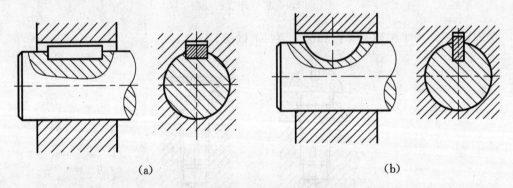

图 8-7 平键与半圆形键连接的画法

（2）销连接的画法。图 8-8 是圆柱销与圆锥销的加工、装配过程和画法。由销连接的零件上的销孔通常需一起加工，因此在零件图中标注销孔尺寸时一般要注写"配作"或"装配时作"，如图 8-9 所示。

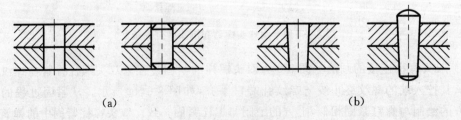

图 8-8 销连接的画法

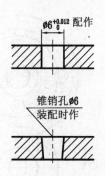

图 8-9　在零件图上标注尺寸

5. 深沟球轴承的画法

了解深沟球的画法如图 8-10 所示,根据标注的形式在轴承标准中查找有关参数。

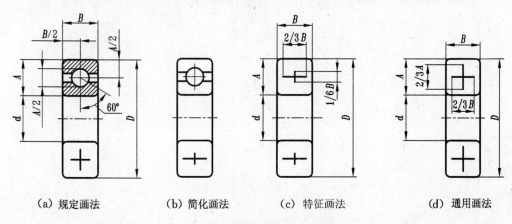

（a）规定画法　　（b）简化画法　　（c）特征画法　　（d）通用画法

图 8-10　深沟球轴承的画法

6. 齿轮的画法

绘制齿轮时,应注意齿顶圆,齿根圆与分度圆的线型规定如图 8-11 所示,难点是两齿轮啮合时的画法,学习时应仔细阅读图 8-12,结合实物和立体图正确理解图中的文字注释。

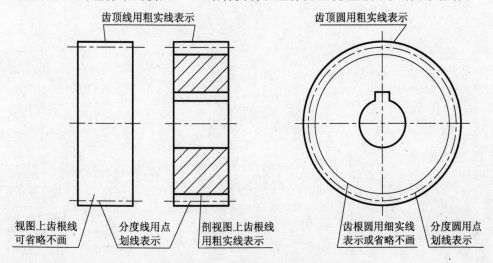

图 8-11　单个直齿圆柱齿轮的画法

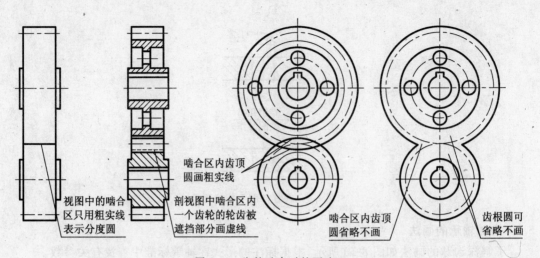

视图中的啮合
区只用粗实线
表示分度圆

啮合区内齿顶
圆画粗实线

剖视图中啮合区内
一个齿轮的轮齿被
遮挡部分画虚线

啮合区内齿顶
圆省略不画

齿根圆可
省略不画

图 8-12　齿轮啮合时的画法

习　题

1. 根据下列给定的螺纹要素,标注标准螺纹标记或代号。

(1) 粗牙普通螺纹,大径 16mm、螺距 2、公差带代号 5g6g、旋合长度为 S。

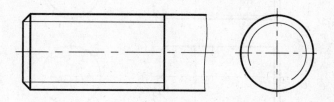

(2) 梯形螺纹,公称直径 16mm、导程 8、线数 2、左旋、公差带代号为 8e,旋入长度为 L。

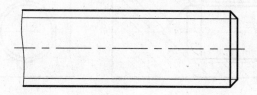

(3) 细牙普通螺纹,大径 12mm、螺距 1、公差带代号 7H、旋合长度为 N。

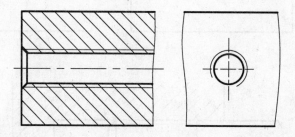

(4) 非螺纹密封的管螺纹, 尺寸代号 1/2,A 级(公差等级)右旋。

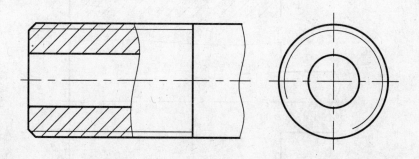

2. 分析图中错误，并画出正确的图形。

(1)

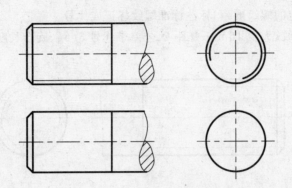

(2)

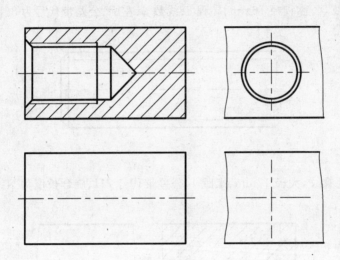

(3)

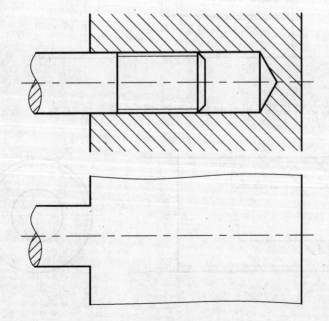

3. 分析下列各螺纹紧固件的连接图中的各种错误,并画出正确的连接图。

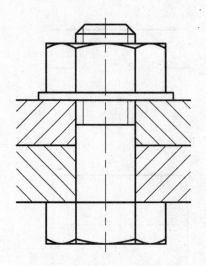 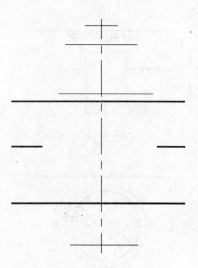

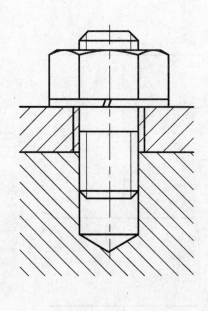 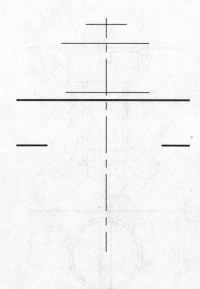

4. 分析下列各螺纹紧固件的连接图中的各种错误,并画出正确的连接图。

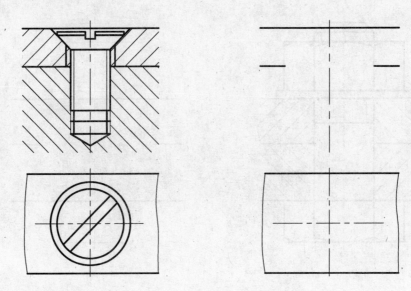

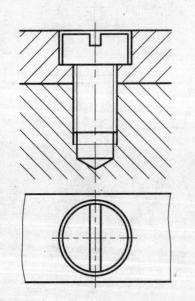

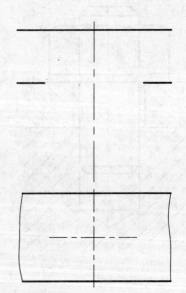

5. 完成两个圆柱直齿齿轮的啮合图。

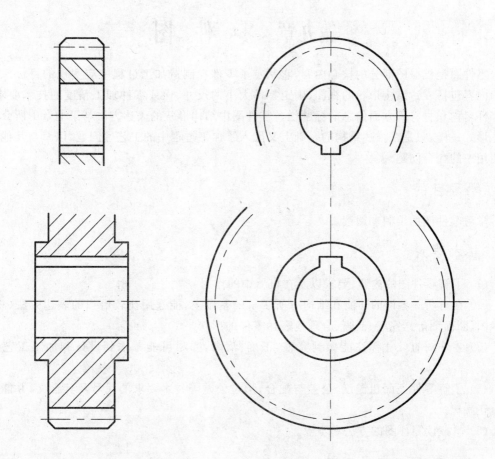

第九章 零 件 图

零件图是机械图部分的核心内容,它制定了零件在制造加工过程中应实现的目标。零件图的内容包括表达结构形状的视图、确定零件大小的尺寸、保证零件加工精度的技术要求、说明零件名称和材料等方面信息的标题栏。零件图中结构形状的表达方法与第七章中所介绍的表达形式一样,只是在描述结构的基础上又融入了加工过程中的工艺性问题,以及与其他零件在使用中的配合问题。

一、学习目的

学习零件图的绘制和阅读。

二、基本要求

(1)了解零件图的内容、要求以及在机器中的作用。

(2)在对所画零件的功能和结构有所了解的基础上,能选用比较恰当的表达方法(视图、剖视图、断面图等),完整、清晰、合理地表达零件的形状。

(3)零件图的尺寸标注能做到完整、正确、清晰,并尽可能考虑到设计和加工工艺的合理性。

(4)了解零件表面粗糙度、公差与配合、形位公差等技术要求的代号及其含义,并能在图样上正确标注。

(5)掌握读零件图的方法和步骤。

三、学习要点和学习方法

零件图是一种综合性的应用部分绘图,图中的内容虽然很多、包含面很广,但重点还是在视图的选择和尺寸的标注方面。由于零件图的视图选择和尺寸注法要涉及零件的工艺结构和制造加工方面的知识,因此,在学习零件图时,应对工厂进行一次针对性地参观活动,增加必要的感性认识。如了解铸造(分箱面、铸造圆角、起模斜度等)工艺、各种机床(车床、铣床等)的典型加工方法,了解常见的零件结构如倒角、圆角、退刀槽和砂轮越程槽等,使绘制的零件图更符合实际生产。

在学习零件图的绘制过程中,我们要逐步掌握以下内容。

1. 零件表达方案的选择

零件图上视图的选择要结合零件在使用时的状态、加工时的状态来进行。它强调零件各组成部分的功用性和重要性,将形体的几何分析和结构功用分析结合起来。

选择一组视图,以零件的结构形状表达得完整、清晰、合理性为目的。在选择视图时,可对不同的视图表达方案进行分析比较,最后确定一个比较恰当的表达方案,做到各个视图的表达既突出重点又相互补充,完整、清晰、简明地表达出零件的结构形状。

表达方案的确定是以别人看图方便的角度去考虑的。在完整、清晰的前提下,所选用的视图数量要尽可能的少,并避免结构表达上重复,要给人以清晰明了的感觉。

零件表达方案的选择要注意以下几个方面的问题：

(1) 视图的数量问题。在完整表达零件结构形状的前提下，所确定的视图数量宜少，但不是越少越好，有时为了某些尺寸的标注还专门增加某个视图，如局部放大图等。

(2) 外形与内形的表达问题。用视图和剖视图分别表达外形和内形。不应单纯为了减少视图的数量，采用一个带有许多局部剖的视图，使图形支离破碎，不易得出完整的概念。

(3) 使用虚线的问题。一般应设法将不可见的轮廓转变为可见的轮廓（用剖视图或改变投射方向），使图形清楚。但在不影响图形清晰和标注尺寸的前提下，若用少量的虚线，可以减少视图数量，同时减轻看图和画图的负担。

2. 学习及归纳零件的作用及其结构特点

根据零件的作用及特点，通常将零件分为四类：轴套类、盘盖类、叉架类和箱体类。在学习的过程中，注意归纳不同类型的零件及其在视图选择和尺寸注法上的不同特点，可启发我们很好的掌握零件图视图选择和尺寸标注这两部分重点内容。

3. 尺寸标注

尺寸标注要求尺寸数目完整，标注规则正确，尺寸布置清晰，尺寸选择合理。前三项与组合体的尺寸标注要求相同。

在尺寸标注的合理性问题上，要考虑图上所标的尺寸如何反映工艺和设计要求，以及在选取定形、定位尺寸时，对设计和工艺方面应该考虑到的一般事项，如零件的功用，与其他零件互配关系，加工方法，便于测量等等。因此标注的合理性涉及到许多专业知识，在这里不作过高的要求。

4. 技术要求

零件图上的技术要求，包括表面粗糙度、公差与配合、形位公差等，在这些技术要求中，应弄清哪些地方尺寸精度高，哪些地方表面粗糙度要求高，哪些地方有特殊要求，并分析其标注是否正确，数值选择是否合理。

5. 读零件图的方法和步骤

(1) 概括了解：从标题栏中了解零件的名称、材料，了解其在机器或部件中的作用，并根据零件的分类，了解零件的结构特点，从而对零件有一个初步的认识。

(2) 分析视图：从主视图入手，分析各个视图所采用的表达方法及其表达重点，并弄清其他视图与主视图的关系。以形体分析法为主，结合其他方法，逐步看懂零件各部分的形状、结构特点及其相对位置，从而综合想象出零件的完整形状。

(3) 分析尺寸：首先找出长、宽、高三个方向上尺寸标注的主要基准，然后进一步用形体分析法了解各组成部分的定形尺寸和定位尺寸，检查尺寸的完整性，最后再按工艺要求和设计要求检查尺寸的合理性。

(4) 了解技术要求：了解图上表面粗糙度、尺寸公差、形位公差及其他技术要求，弄清加工要求高的部位。

(5) 综合分析：综合上述分析，对该零件有一个较全面、完整的了解。

以上是看零件图的一般步骤，在具体看图过程中应灵活应用。

例 9.1 看懂端盖的零件图（图 9-1(a)），想出形状，补画右视图（不画虚线），并回答下列问题：

(1) 主视图的表达方法是采用了_____。

(2) 尺寸 $3 \times M5 \downarrow 13EQS$ 中，3 表示_____，M 表示_____，5 表示

_____，$\bar{\top}13$ 表示_____，EQS 表示_____。

(3) 尺寸 $\sqcup\phi12\top6$ 中，$\sqcup$ 表示_____。

(4) 尺寸 $\phi16H7$ 中，$\phi16$ 表示_____，H 表示_____，7 表示_____。

(5) 图中 $\sqrt{Ra3.2}$，其中 $\sqrt{}$ 表示_____，3.2表示_____。

(6) 图中框格 | ◎ | $\phi0.04$ | A | 表示被测要素是_____，基准要素是_____，◎表示_____，公差值是_____。

(7) 标注 $c1.5$ 中，c 表示_____。

解 根据已知零件图分析此零件为盘盖类零件、主体为同轴回转体。右视图的答案如图 9-1(b)所示。

问题答案如下：

(1) 主视图的表达方法是采用了<u>相交剖切平面剖切后的全剖视图</u>。

(2) 尺寸 $3\times M5\top13EQS$ 中，3 表示<u>有 3 个</u>，M 表示<u>螺纹牙型代号（普通螺纹）</u>，5 表示<u>公称直径（大径）为 5mm</u>，$\top13$ 表示<u>螺孔深 13</u>，EQS 表示<u>均匀分布</u>。

(3) 尺寸 $\sqcup\phi12\top6$ 中，$\sqcup$ 表示<u>沉孔</u>。

(4) 尺寸 $\phi16H7$ 中，$\phi16$ 表示<u>孔的基本尺寸</u>，H 表示<u>孔的基本偏差代号</u>，7 表示<u>公差等级</u>。

(5) 图中 $\sqrt{Ra3.2}$，其中 $\sqrt{}$ 表示<u>用去除材料的方法获得的表面</u>，3.2表示<u>Ra 的最大允许值为 3.2μm</u>。

(6) 图中框格 | ◎ | $\phi0.04$ | A | 表示被测要素是<u>$\phi55g6$ 的轴线</u>，基准要素是<u>A（A 指 $\phi16H7$ 的孔的轴线）</u>，◎表示<u>同轴度</u>，公差值是<u>0.04mm</u>。

(7) 标注 $c1.5$ 中，c 表示<u>倒角的角度为与水平成 45°</u>。

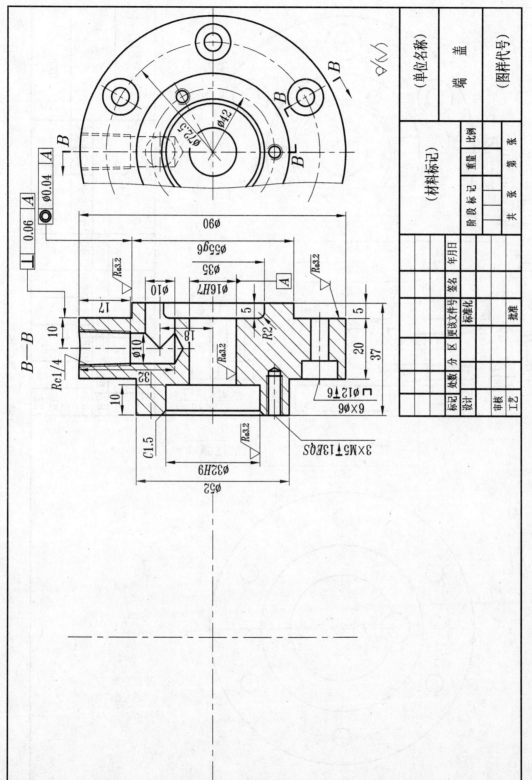

图 9-1 (a) 读端盖零件图，补画右视图

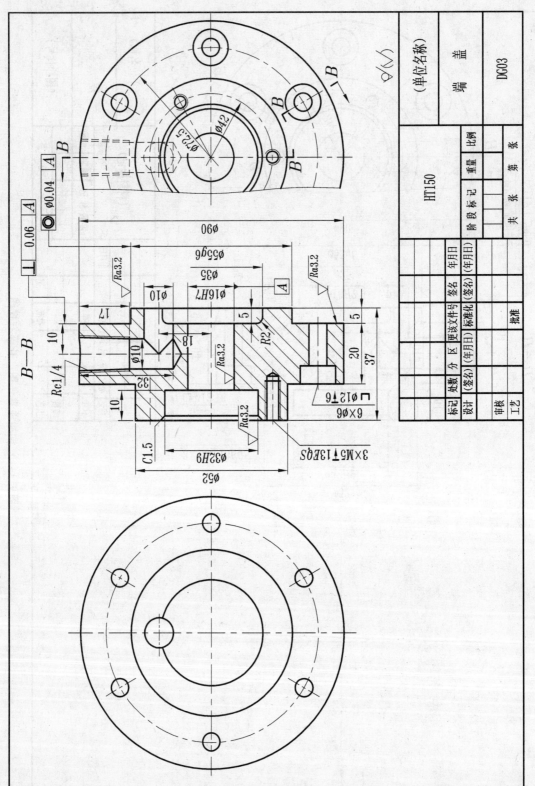

图 9-1（b） 端盖零件图

习　题

1. 查表并在图中注出零件配合面
   的尺寸偏差值。

2. 查表并在图中注出零件配合面
   的尺寸偏差值。

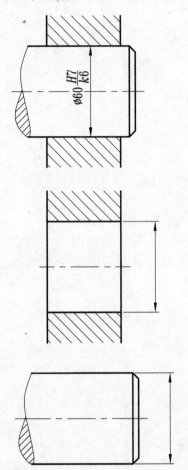

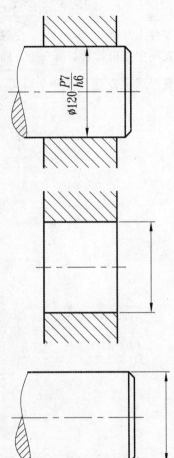

3. 根据已知参数标注表面粗糙度:ϕA、ϕB、ϕC 表面粗糙度为 $\sqrt{Ra1.6}$;L 两端面的表面粗糙
度为 $\sqrt{Ra6.3}$;ϕC 圆柱孔底的表面粗糙度为 $\sqrt{Ra3.2}$。

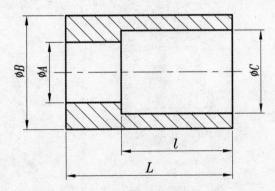

4. 读轴架零件图,在图中指定位置,补画 $A—A$ 断面图,并回答问题(图 9-2):

(1)主视图的表达方法采用了_____图。在主视图中,还有一个_____图,它主要表达了_____形状。

(2)加工要求最高的表面粗糙度数值为_____,加工要求最低的表面粗糙度为_____。

(3)零件上共有_____个螺孔,其代号分别是_____。

(4)在图中指出长、宽、高三个方向的尺寸基准。

(5)解释形位公差 $\boxed{\perp\ \ 0.01\ \ C}$ 的含义_____。

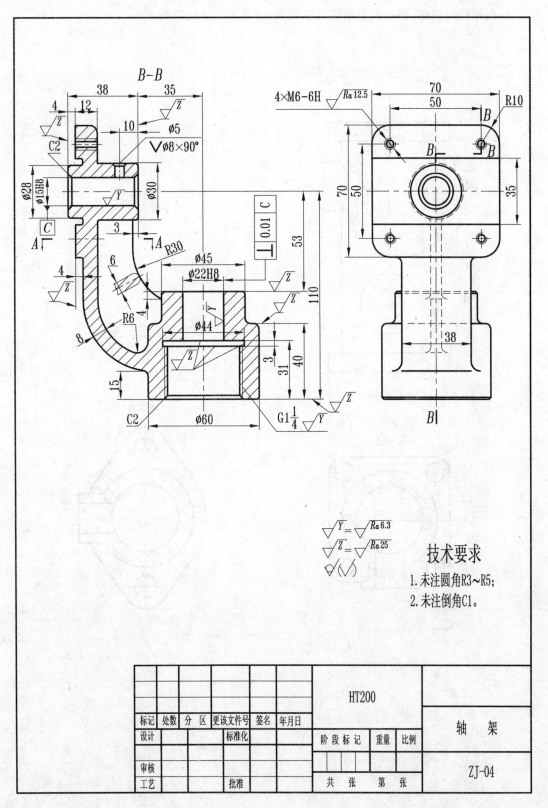

技术要求
1. 未注圆角R3～R5；
2. 未注倒角C1。

标记	处数	分区	更该文件号	签名	年月日		HT200			轴　架
设计			标准化							
							阶段标记	重量	比例	
审核										ZJ-04
工艺			批准				共　张　第　张			

图 9-2

5. 根据已知视图(图 9-3)想象零件的形状,并作 $C-C$ 剖视图。

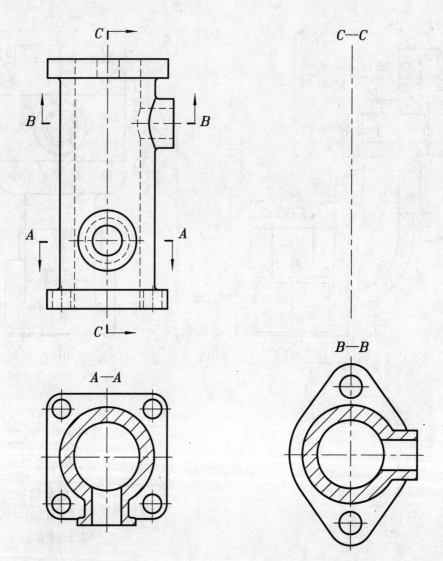

图 9-3

6. 看懂泵体零件的视图（图 9-4），将俯视图作 A—A 剖视图；在图中指出该零件长、宽、高三个方向的尺寸基准。

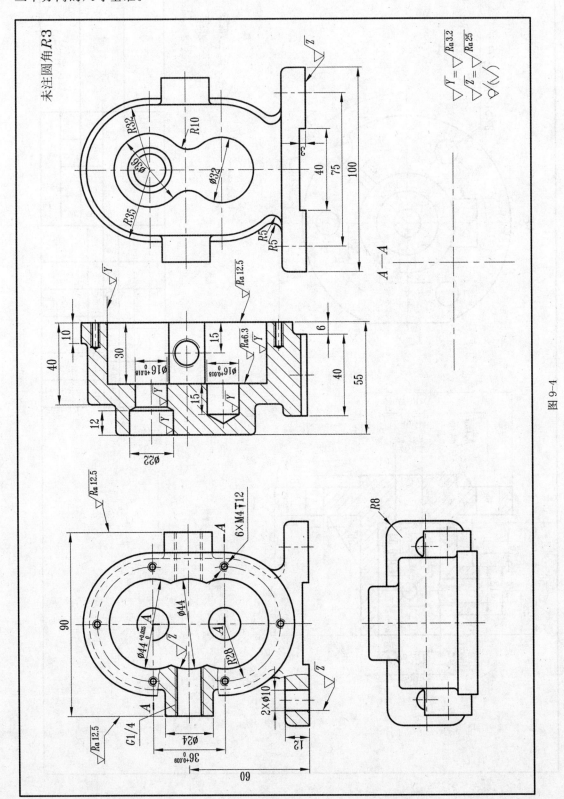

图 9-4

7. 看懂套盘零件图（图 9-5），试画出俯视图外形（不画虚线）。

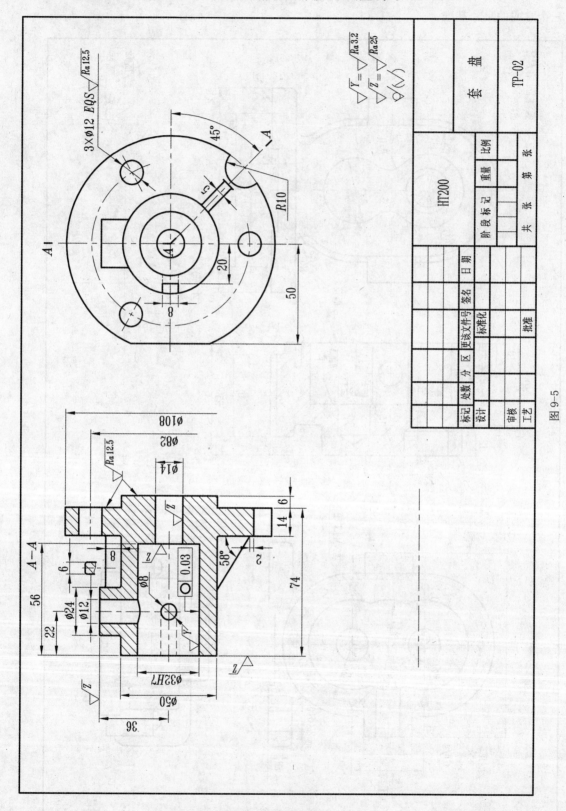

图 9-5

第十章 装配图

装配图主要用来表达机器或部件的工作原理、各零件间的相对位置、传动路线和装配连接关系等。看懂装配图是我们了解机器或部件工作特点的起点;画出装配图是我们表达机器或部件的最终目的。当我们了解了装配图的内容、表达方法以及常见的装配结构等基本内容后,会对零件在机器或部件中的作用有更进一步的了解。

一、学习目的

了解并掌握装配图的绘制、阅读及由装配图拆画零件图的方法。

二、基本要求

(1) 了解装配图的内容、表达方法及常见装配结构。

(2) 掌握绘制装配图的方法和步骤。在装配图的表达上能完整、清晰地表示工作原理、装配关系,并熟悉装配图常用的一些特殊表示法。

(3) 掌握阅读装配图的方法和技能。借助有关说明资料,能看懂一般机械装置的装配图(包括工作原理、运动情况、装配关系等)。

(4) 掌握由装配图拆画零件图的方法。

(5) 了解装配图中公差配合的基本概念,能识别孔和轴的配合代号的含义。

三、学习要点和学习方法

本章的特点是内容复杂、涉及知识面广,与实际结合紧密,因此,在学习中应注意以下的问题。

1. 掌握装配图的规定画法

(1) 接触面和配合面只画一条线;非接触面和非配合面应画两条线。

(2) 同一零件在各视图上的剖面线应一致(方向、间隔均相同);不同零件相邻时,剖面线应有所区别(方向不同、间隔不同或方向和间隔均不同)。

(3) 对于紧固件以及实心轴、手柄、连杆、拉杆、球、钩子和键等零件,若剖切平面通过其基本轴线时,则这些零件均按不剖绘制。

2. 弄清装配图常见的特殊表达方法

(1) 拆卸画法:假想拆下某些零件后画图。

(2) 沿零件的结合面剖切的方法:假想沿某些零件的结合面进行剖切后画图。

(3) 零件的单独表示法:将零件单独进行表达。

(4) 夸大画法:将较小结构进行适当放大画出。

(5) 假想画法:运动零件运动到极限位置时的主要轮廓线用双点画线表示;相邻部件的主要轮廓线也用双点画线表示。

3. 画装配图的方法和步骤

针对装配图的特点,其要领是先画主要装配线,后画次要装配线,由内而外(因为多半是剖视图），或由外而内。先定位后定形，先大体后细部等。

4. 看装配图以及由装配图拆画零件图的要领

（1）分析机器或部件的工作原理和各零件间的装配连接关系：

① 根据机器或部件的用途、名称及传动关系分析工作原理。

② 从主要装配干线分析各零件间的装配连接关系。

（2）区分各零件的方法：

① 根据明细表和序号，了解零件名称及其所在位置。

② 根据剖面线区分零件。在各视图上剖面线完全相同时表示同一零件；在相邻处的剖面线不同时表示不同零件。

③ 根据投影关系和特殊表达方法分析各零件的结构形状。

（3）在分析零件结构形状时，可以从以下几个方面帮助分析：

① 尺寸标注中的"ϕ"表示其截面形状是圆形的。

② 相邻零件结合面的形状一般是相同的。

（4）在由装配图拆画零件图时，注意考虑设计要求和装配结构，并把在装配图上被省略的工艺结构如：螺纹退刀槽、砂轮越程槽、倒角等结构加上去。

例 10.1 根据千斤顶装配示意图（图 10-1）及各零件图（图 10-2），画出其完整的装配图（千斤顶各部件明细表如表 10-1 所示）。

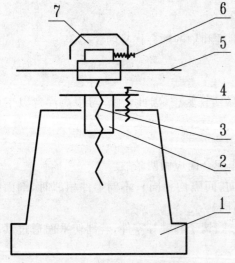

图 10-1 千斤顶装配示意图

表 10-1 明细表

序号	名　称	数量	材料	附　注
1	底座	1	HT200	
2	螺套	1	QA19-4	
3	螺旋杆	1	Q255	
4	螺钉 M10×12	1	Q235	GB73-2000
5	绞杠	1	Q215	
6	螺钉 M8×12	1	Q235	GB75-2000
7	顶垫	1	Q275	

工作原理：千斤顶是一种在汽车修理和机械安装中常见的工具，它利用螺旋传动来顶举重物。工作时，绞杠穿在螺旋杆顶部的圆孔中。旋转绞杠，螺旋杆在螺套中靠螺纹作上下移动。顶垫上的重物靠螺旋杆的上升而被顶起。

螺套嵌压底座中，一边用螺钉固定，以防止螺套和底坐之间的相对运动，这种结构便于螺套磨损后的更换和修配。

螺旋杆的球面形顶部套上一个顶垫，用紧定螺钉来连接，以防止顶垫脱落或随螺旋杆一起旋转。

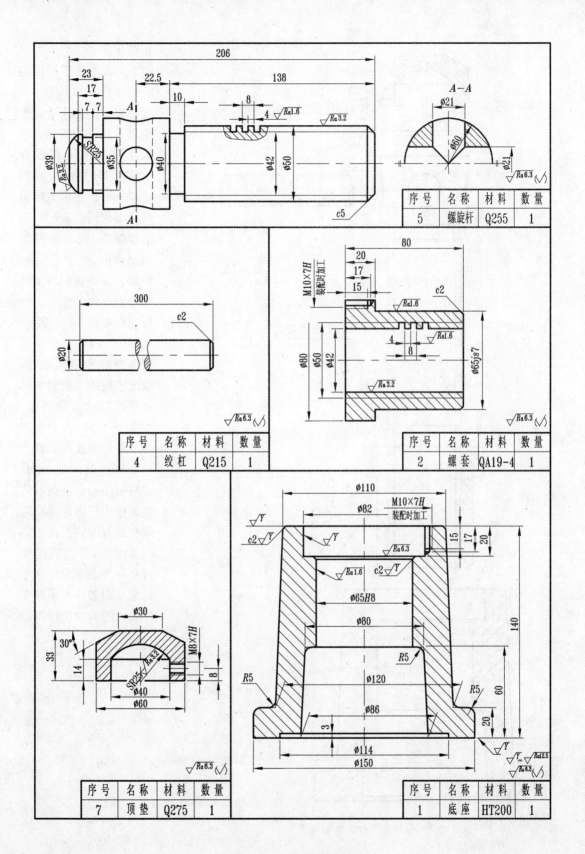

图 10-2 千斤顶各零件图

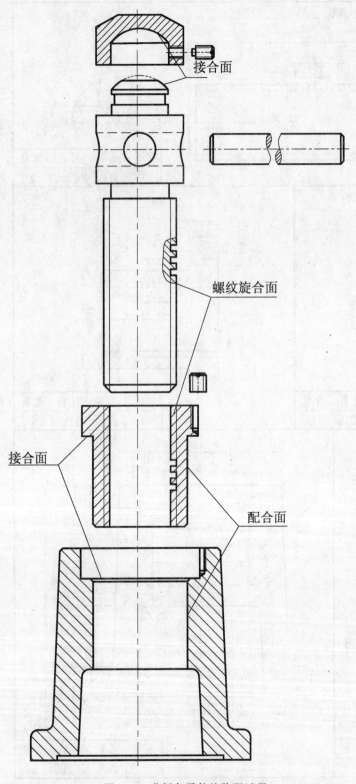

接合面

螺纹旋合面

接合面

配合面

图 10-3　分析各零件的装配过程

作图步骤：

（1）分析千斤顶的装配过程。根据千斤顶的示意图，我们可以想象出千斤顶的装配过程如图 10-3 所示。在分析装配的过程中，我们要根据零件图中给定的尺寸和它们在装配时的连接情况，找出结合面和配合面，这些结合面和配合面是我们画图时要特别注意的地方。分析过程如图 10-3 所示。

（2）根据千斤顶的工作原理和结构形状，确定主视图的投射方向和装配图的表达方案。如图 10-8 所示，主视图的投射方向选择垂直于千斤顶主轴线的方向，主视图采用全剖的形式来表达千斤顶的装配路线和配合形式。由于其结构简单，除主视图外再有一个俯视图、一个局部视图和一个单独零件表达的剖视图便可以表达清楚了。

（3）画装配图的过程分析。根据装配路线该装配图应由外到内、由下往上画。先画底座的轮廓线，再画螺套的轮廓线，将底座上被挡住的轮廓线擦去。画螺钉紧固时一定要注意旋合部分的画法，如图10-4所示局部放大的部分。

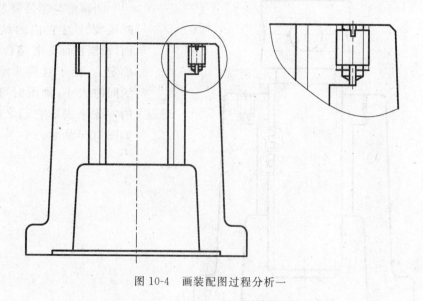

图 10-4　画装配图过程分析一

　　在画装配图时，如遇到图形比较小，则零件上的小工艺结构可不画出来，如倒角等。

　　当画到螺旋杆与螺套旋合时，我们可以将螺旋杆旋合到最下、最上的位置画出，也可以将螺旋杆旋合在任意位置画出。如图10-5中表示的螺旋杆是在任意的位置上，同时要及时地擦去被螺旋杆挡住的其他零件的轮廓线。

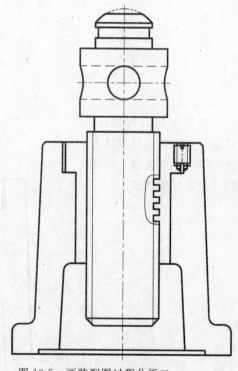

图 10-5　画装配图过程分析二

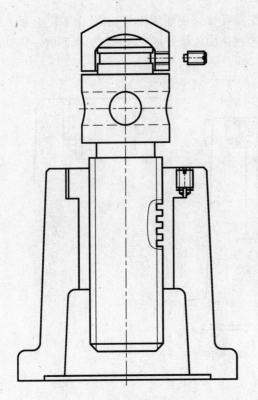

画顶垫与螺旋杆装配部分的时候要注意它们的结合面是球面，而圆柱面是非结合面（由尺寸确定）。由于这些非结合面之间的间隙太小，画图时可以用夸大的方法来表示它们之间的间隙，如图 10-6 所示。

图 10-6　画装配图过程分析三

画紧定螺钉与顶垫、螺旋杆紧固时同样要注意旋合部分的画法，如图 10-7 所示的局部放大图。

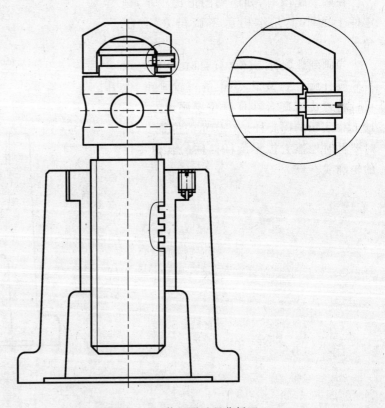

图 10-7　画装配图过程分析四

（4）画千斤顶装配图

① 计算图形的大小尺寸。

② 选取合适的图幅和适当的比例，按图幅分布图形。

③ 画出基准，按照以上分析过程步骤开始绘图，图 10-8 所示为千斤顶的装配图。

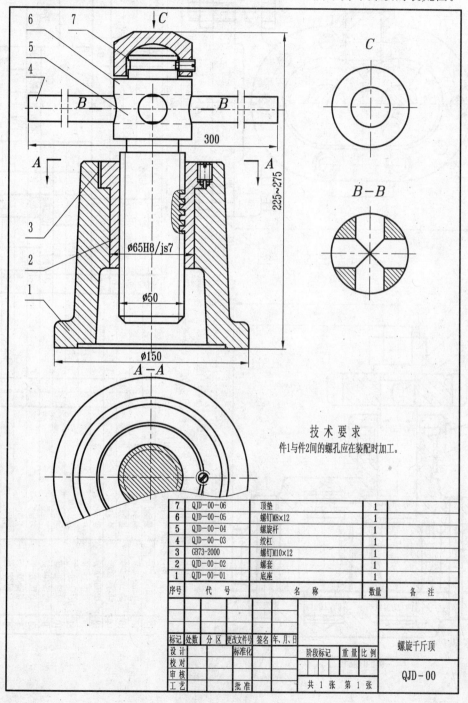

7	QJD-00-06	顶垫	1	
6	QJD-00-05	螺钉M8×12	1	
5	QJD-00-04	螺旋杆	1	
4	QJD-00-03	绞杠	1	
3	GB73-2000	螺钉M10×12	1	
2	QJD-00-02	螺套	1	
1	QJD-00-01	底座	1	
序号	代 号	名 称	数量	备 注

技 术 要 求

件1与件2间的螺孔应在装配时加工。

标记	处数	分区	更改文件号	签名	年、月、日			螺旋千斤顶	
设计				标准化					
校对						阶段标记	重量	比例	
审核								QJD-00	
工艺				批准		共 1 张 第 1 张			

图 10-8 千斤顶的装配图

注意：画装配图时，各视图中同一零件的剖面符号的方向、间距一定要一致。

例 10.2 根据齿轮油泵装配图(图 10-9),画出 7 号零件(泵体)的零件图。

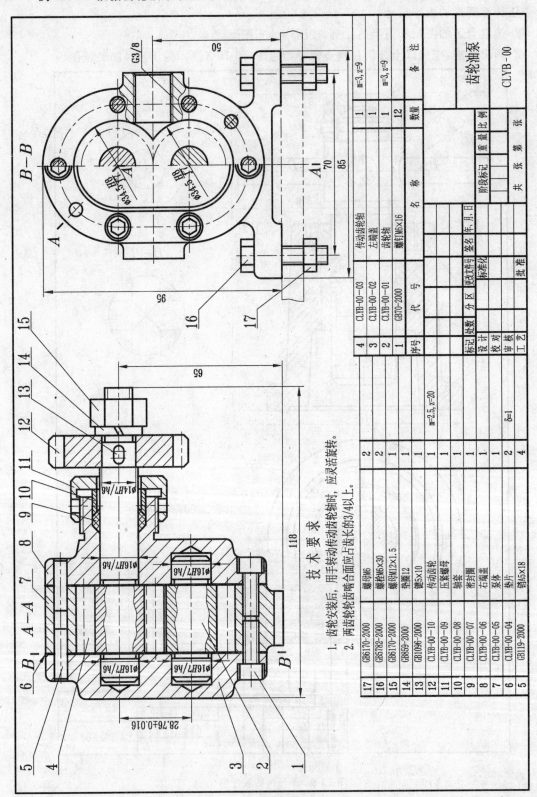

技 术 要 求

1. 齿轮安装后,用手转动传动齿轮轴时,应灵活旋转。
2. 两齿轮齿齿啮合面应占齿长的3/4以上。

4	CLYB-00-03	传动齿轮轴	1	m=3, z=9
3	CLYB-00-02	左端盖	1	
2	CLYB-00-01	齿轮轴	1	m=3, z=9
1	GB70-2000	螺钉M6×16	12	
序号	代 号	名 称	数量	备 注

			齿轮油泵	
设计			阶段标记	重量	比例
校对					CLYB-00
审核				共 张 第 张
工艺		批准		

17	GB6170-2000	螺母M6	2	
16	GB5782-2000	螺栓M6×30	2	
15	GB6170-2000	螺母M12×1.5	1	
14	GB859-2000	垫圈12	1	
13	GB1096-2000	键5×10	1	
12	CLYB-00-10	传动齿轮	1	m=2.5, z=20
11	CLYB-00-09	压紧螺母	1	
10	CLYB-00-08	轴套	1	
9	CLYB-00-07	密封圈	1	
8	CLYB-00-06	右端盖	1	
7	CLYB-00-05	泵体	1	
6	CLYB-00-04	垫片	2	δ=1
5	GB119-2000	销A5×18	4	

图10-9 齿轮油泵装配图

图 10-9 是机器中用来输送润滑油的一个齿轮油泵的装配图,它是靠一对互相啮合的齿轮进行压油和吸油的。

工作原理:当传动齿轮 12 按逆时针方向转动时,通过键 13,将扭矩传递给传动齿轮轴 4,经过齿轮啮合带动齿轮轴 2 顺时针方向转动。如图 10-10 所示,当一对齿轮在泵体内作啮合传动时,啮合区内的右边压力降低,油池内的油在大气压力作用下进入油泵低压区内的吸油口。随着齿轮的不断传动,齿槽中的油不断沿箭头方向送到左边的压油口将油压送到机器的各个润滑部位。

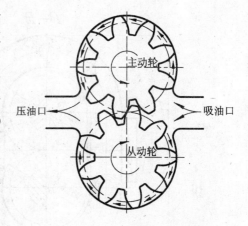

图 10-10 齿轮油泵工作原理示意图

作图步骤:

(1)分析 7 号零件泵体在该部件中的作用。7 号零件在该部件中的主要作用为支承、容纳、连接外部进出油管路等。

(2)确定 7 号零件的投影范围。

① 根据序号 7 所指的位置和以上的分析,同时利用剖面线的方向找出主视图中该零件的大致轮廓线,如图 10-11(a)所示的主视图。

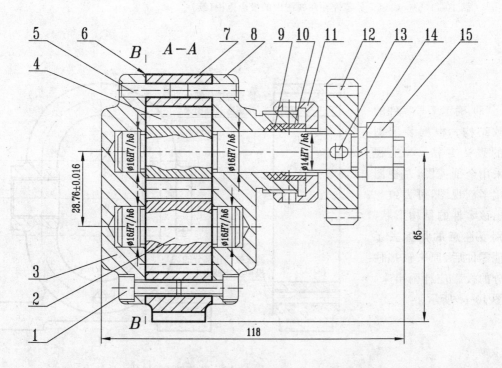

图 10-11(a) 确定 7 号零件在主视图中的投影范围

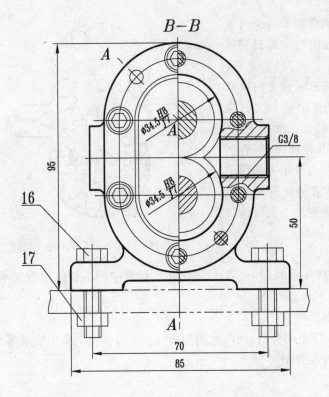

② 根据分析以及投影关系找出左视图中该零件的轮廓线,如图 10-11(b)所示的左视图。

图 10-11(b) 确定 7 号零件在左视图中的投影范围(续)

(3) 确定 7 号零件的大致结构。根据装配图中的表达方法——主视图采用全剖视图,左视图采用半剖视图,可大致想象出该零件的结构形状,特别要注意的是拆去了其他零件后,原来被挡住部分的投影应补画出来,如图 10-12 所示。

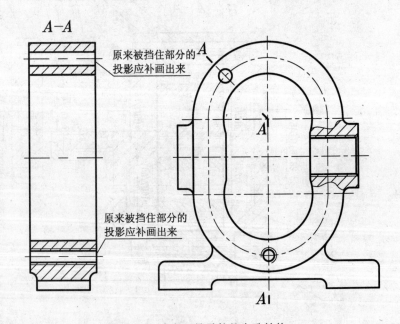

原来被挡住部分的投影应补画出来

原来被挡住部分的投影应补画出来

图 10-12 确定 7 号零件的大致结构

（4）补充 7 号零件上的其他结构。

① 根据装配图上紧固螺钉和销的位置，在该零件上画出相应的结构——螺纹孔和销孔。

② 根据左视图补出进出油孔的结构，如图 10-13 所示。

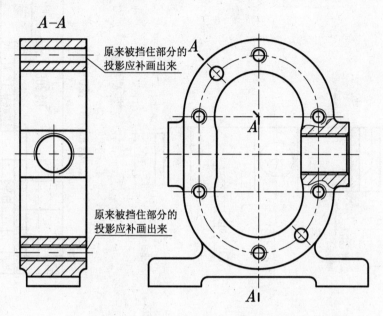

图 10-13　补充 7 号零件上的其他结构

（5）根据整体想象与分析画出 7 号零件图。

① 确定 7 号零件主视图的投影方向。

② 确定 7 号零件的表达方案与视图数量。

③ 完成 7 号零件的零件图，如图 10-14 所示。

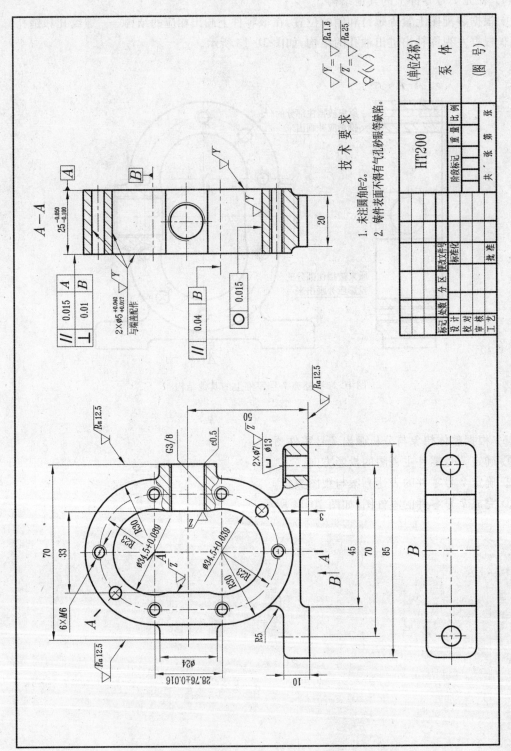

技 术 要 求

1. 未注圆角R2。
2. 铸件表面不得有气孔砂眼等缺陷。

$$\sqrt{Y} = \sqrt[Ra1.6]{} \quad \sqrt{Z} = \sqrt[Ra25]{}$$
$$\sqrt{} (\sqrt{})$$

					(单位名称)
					泵 体
HT200			比例	阶段标记	(图 号)
			重量		
			共 张 第 张		
标记	处数	分区	更改文件号		
设 计			标准化		
校 对					
审 核			批准		
工 艺					

图 10-14 7 号零件泵体的零件图

习　题

1. 根据油泵的装配示意图(图 10-15)和各零件图(图 10-16),画出油泵的装配图。

工作原理

在泵体 7 内装有一对啮合的齿轮 3、5。当主动齿轮轴 5 作顺时针旋转时,将机油从泵体进油孔 $\phi15$ 吸入,然后经管接头孔 G3/8 压出。

技术要求

1. 装配后用手旋动主动轴时,不得有时紧时松现象;
2. 校验时各结合面处不得漏油;
3. 在 800r/min 驱动下,流量不得少于 8L/min。

尺寸标注

1. 规格尺寸 G3/8;
2. 配合尺寸 $\phi15H7/f7,\phi15H7/f7,\phi14H7/n6$;
3. 安装尺寸 35,2×M6-7H;
4. 齿轮的中心距离为 28.76±0.03;
5. 总体尺寸 112,73,88。

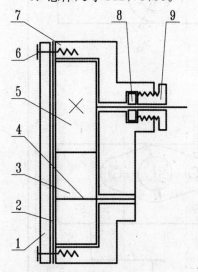

图 10-15　齿轮油泵装配示意图

标准件明细表

名称	螺钉 M6×12 GB65-2000	材料	35
序号	6	数量	6

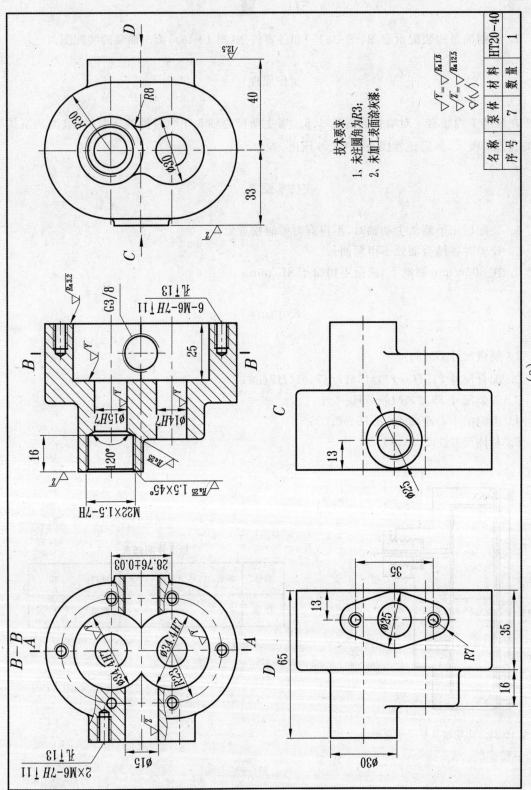

技术要求

1、未注圆角为R3；

2、未加工表面涂灰漆。

$\nabla f = \nabla Ra1.6$
$\nabla Z = \nabla Ra12.5$
$\nabla(\sqrt{})$

名称	泵体	材料	HT20-40
序号	7	数量	1

图10-16 油泵零件图

(a)

班级　　　　　姓名　　　　　学号

· 162 ·

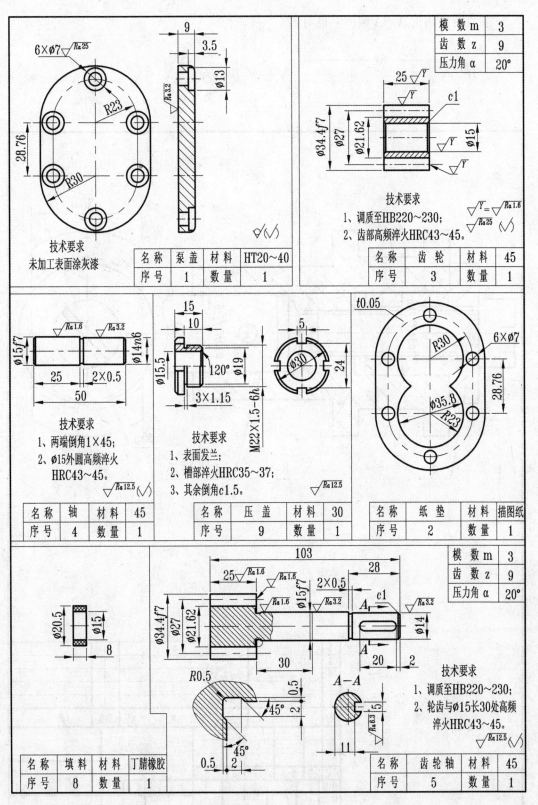

模 数 m	3
齿 数 z	9
压力角 α	20°

技术要求
未加工表面涂灰漆

名 称	泵 盖	材 料	HT20～40
序 号	1	数 量	1

技术要求
1、调质至HB220～230;
2、齿部高频淬火HRC43～45。

名 称	齿 轮	材 料	45
序 号	3	数 量	1

技术要求
1、两端倒角1×45;
2、φ15外圆高频淬火
　　HRC43～45。

名 称	轴	材 料	45
序 号	4	数 量	1

技术要求
1、表面发兰;
2、槽部淬火HRC35～37;
3、其余倒角c1.5。

名 称	压 盖	材 料	30
序 号	9	数 量	1

名 称	纸 垫	材 料	描图纸
序 号	2	数 量	1

模 数 m	3
齿 数 z	9
压力角 α	20°

技术要求
1、调质至HB220～230;
2、轮齿与φ15长30处高频
　　淬火HRC43～45。

名 称	填 料	材 料	丁腈橡胶
序 号	8	数 量	1

名 称	齿轮轴	材 料	45
序 号	5	数 量	1

(b)

图 10-16 油泵零件图(续)

2. 在空白处画出 $A-A$ 断面并说明 $\phi 24 \dfrac{H7}{k6}$ 的含义。

$\phi 24$ 为＿＿＿＿＿＿＿＿＿＿＿＿＿＿＿ ；

H 为＿＿＿＿＿＿＿＿＿＿＿＿＿＿＿ ；　　　　　 7 为＿＿＿＿＿＿＿＿＿＿＿＿＿＿＿ ；

k 为＿＿＿＿＿＿＿＿＿＿＿＿＿＿＿ ；　　　　　 6 为＿＿＿＿＿＿＿＿＿＿＿＿＿＿＿ 。

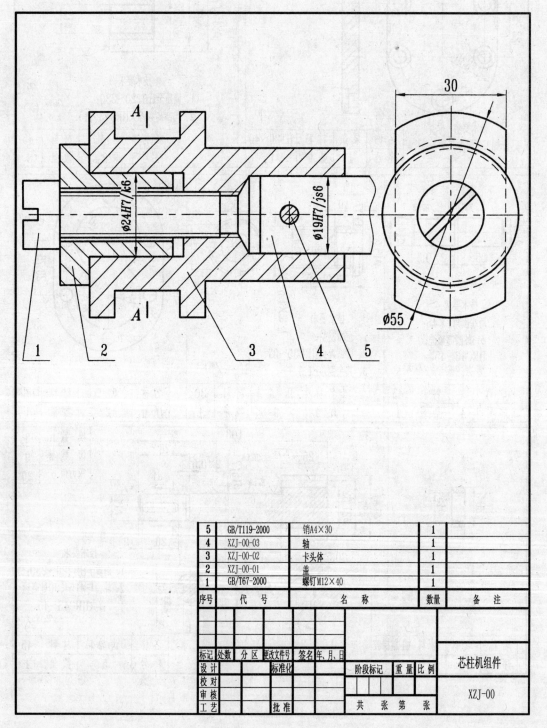

5	GB/T119-2000	销A4×30	1	
4	XZJ-00-03	轴	1	
3	XZJ-00-02	卡头体	1	
2	XZJ-00-01	盖	1	
1	GB/T67-2000	螺钉M12×40	1	
序号	代　号	名　称	数量	备　注

标记	处数	分区	更改文件号	签名	年、月、日			芯柱机组件
设计			标准化			阶段标记	重量	比例
校对								
审核								XZJ-00
工艺			批准			共　张　第　张		

3. 看懂旋塞装配图，并拆画其中1,2,4号零件图。

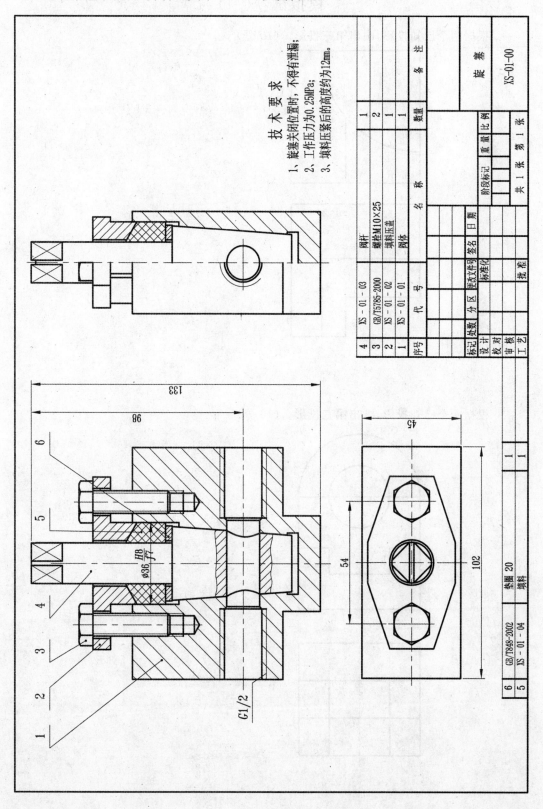

技 术 要 求

1. 旋塞关闭位置时，不得有泄漏；
2. 工作压力为0.25MPa；
3. 填料压紧后的高度约为12mm。

序号	代 号	名 称	数量	备 注
6	GB/T848-2002	垫圈 20	1	
5	XS－01－04	填料	1	
4	XS－01－03	阀杆	1	
3	GB/T5785-2000	螺栓 M10×25	2	
2	XS－01－02	填料压盖	1	
1	XS－01－01	阀体	1	

旋 塞

XS-01-00

			阶段标记	重量	比例
标记	处数	分区	更改文件号	签名	日期
设计		标准化		共 1 张	第 1 张
校对					
审核					
工艺		批准			

模拟试卷(一)

一、根据两个已知投影,画出第三投影。(10分)

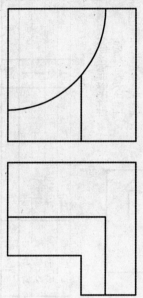

二、根据两个已知投影,画出第三投影。(10分)

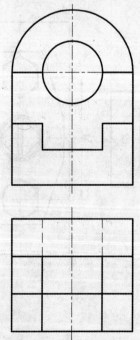

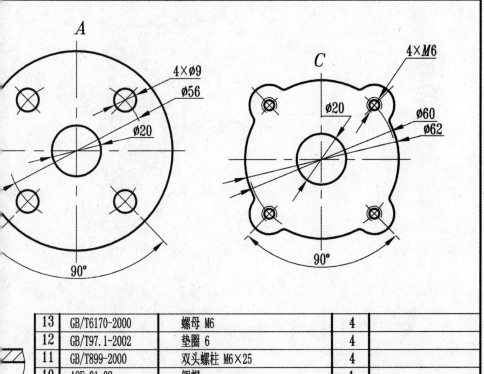

13	GB/T6170-2000	螺母 M6	4	
12	GB/T97.1-2002	垫圈 6	4	
11	GB/T899-2000	双头螺柱 M6×25	4	
10	AQF-01-08	阀帽	1	
9	GB/T6170-2000	螺母 M10	1	
8	GB/T75-2000	紧定螺钉 M5×8	1	
7	AQF-01-07	螺杆	1	
6	AQF-01-06	弹簧托盘	1	
5	AQF-01-05	阀盖	1	
4	AQF-01-04	垫片	1	
3	AQF-01-03	弹簧	1	
2	AQF-01-02	阀门	1	
1	AQF-01-01	阀体	1	
序号	代 号	名 称	数量	备 注

标记	处数	分区	更改文件号	签名	日期				安 全 阀
设 计			标准化			阶段标记	重量	比例	
校 对									
审 核									AQF-01-00
工 艺			批 准			共 张 第 张			

4. 看懂安全阀的装配图，并拆画其中 2，5，10 号的零件图。

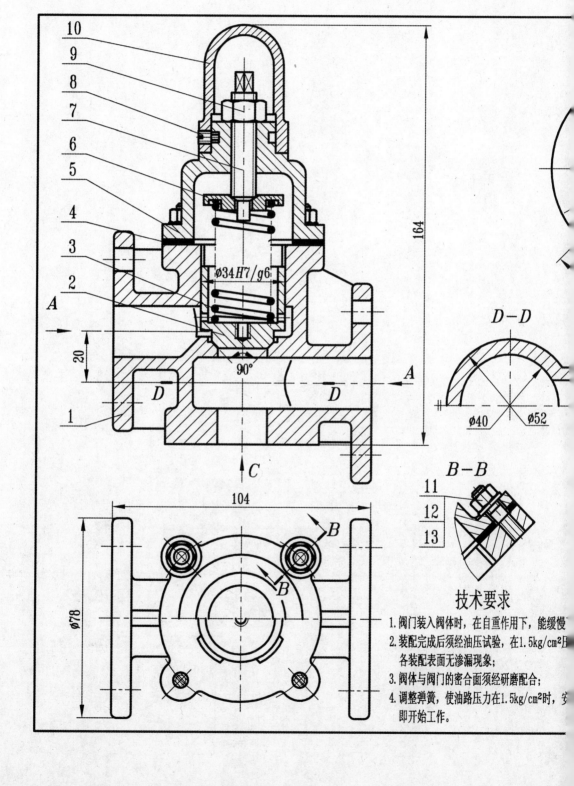

$\phi34H7/g6$

90°

164

20

104

$\phi78$

$D-D$

$\phi40$ $\phi52$

$B-B$

11
12
13

技术要求

1. 阀门装入阀体时，在自重作用下，能缓慢
2. 装配完成后须经油压试验，在1.5kg/cm²时
   各装配表面无渗漏现象；
3. 阀体与阀门的密合面须经研磨配合；
4. 调整弹簧，使油路压力在1.5kg/cm²时，安
   即开始工作。

三、完成立体的左视图。（10 分）

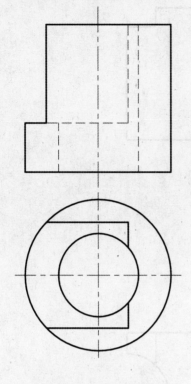

四、完成立体的投影。（15 分）

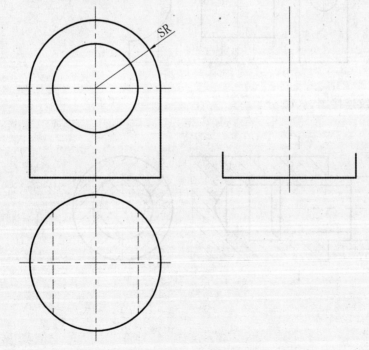

五、将主视图改全剖视图。（15 分）

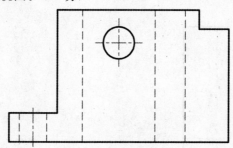

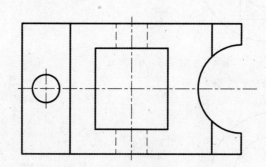

六、作出正确的螺纹连接图。（10 分）

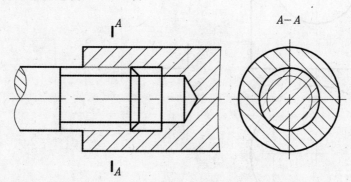

七、将主视图改全剖视图。（15 分）

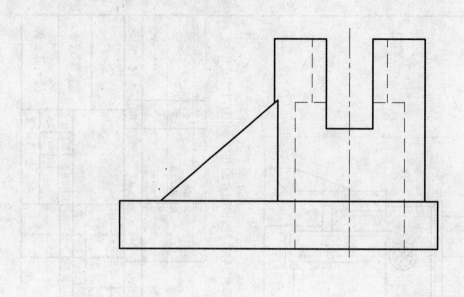

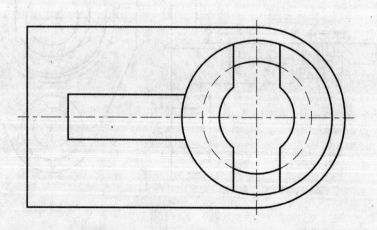

八、看懂装配图，拆画 1 号零件图。（15 分）

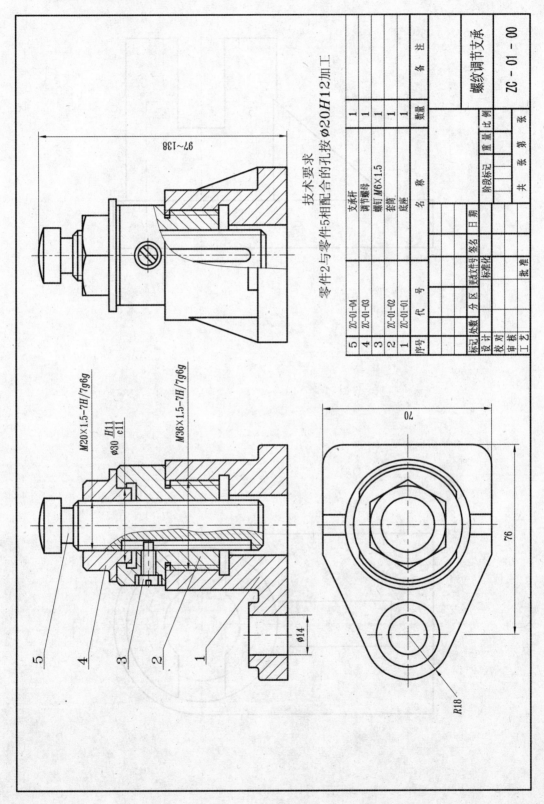

技术要求

零件 2 与零件 5 相配合的孔按 $\phi 20 H12$ 加工

5	ZC-01-04	支承杆	1	
4	ZC-01-03	调节螺母	1	
3		螺钉 $M6\times1.5$	1	
2	ZC-01-02	套筒	1	
1	ZC-01-01	底座	1	
序号	代 号	名 称	数量	备 注

设 计				标准化			螺纹调节支承
校 对							
审 核						ZC - 01 - 00
工 艺		批 准					

$M20\times1.5-7H/7g6g$

$\phi 30 \dfrac{H11}{c11}$

$M36\times1.5-7H/7g6g$

$\phi 14$

97~138

5 4 3 2 1

70

76

R18

模拟试卷(二)

一、作出四棱柱穿圆柱孔后的俯视图。(12分)

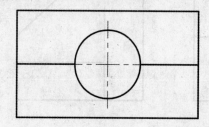 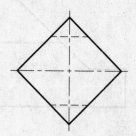

二、求下列相贯体的左视图。(13分)

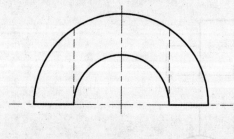

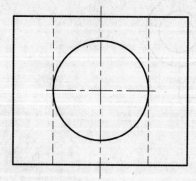

三、完成截切体的俯视图。（10分）

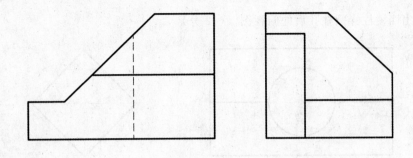

四、补画组合体的左视图。（10分）

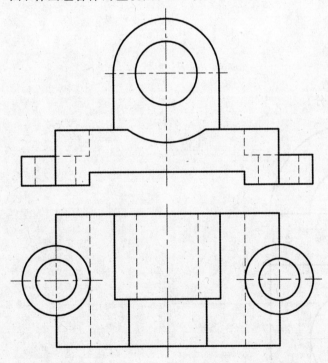

五、看懂结构将主视图画成全剖视图。（15 分）

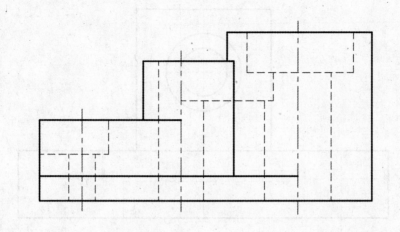

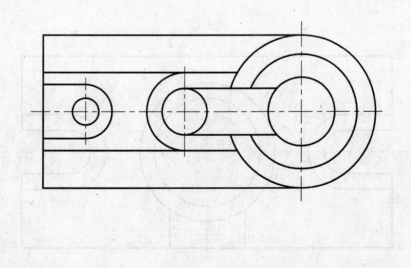

六、将主视图作半剖视图。（15分）

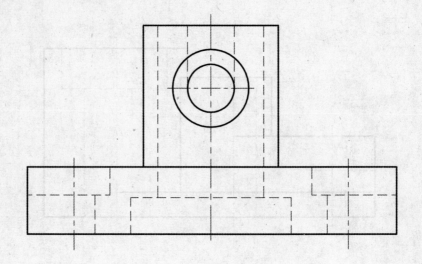

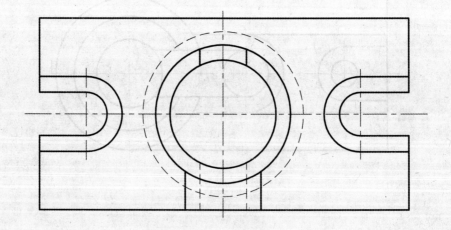

七、在下方空白处作出正确的螺柱连接图。（10分）

注：六角头部分可用简化画法。

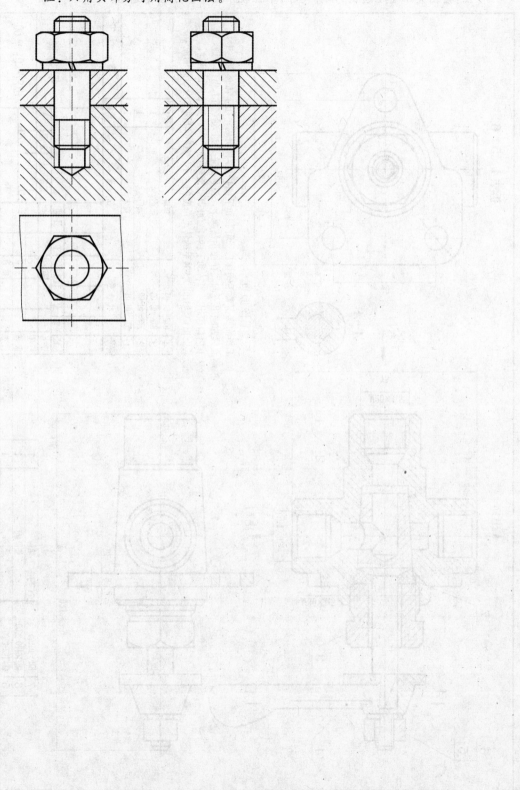

八、看懂装配图，拆画1号零件图。（15分）

注：按图大小1：1绘制，不标尺寸，不注技术要求。小圆角省略。

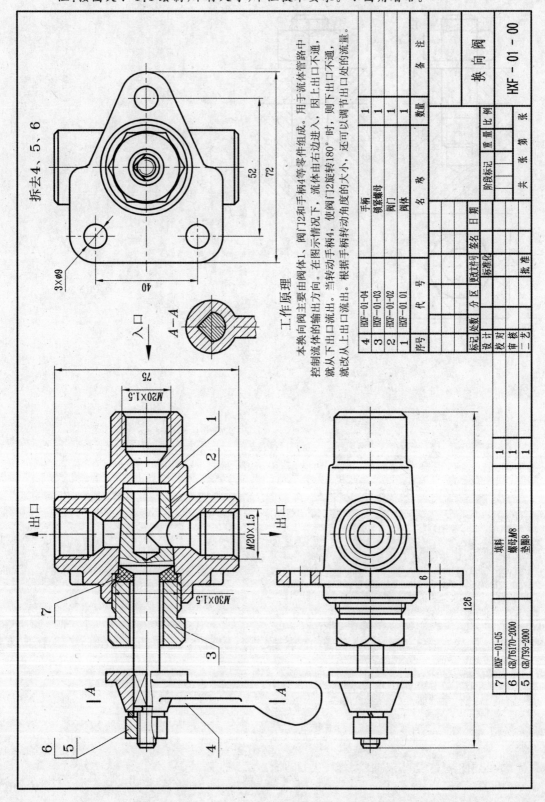

工作原理

本换向阀主要由阀体1，阀门2和手柄4等零件组成。用于流体管路中控制流体的输出方向。在图示情况下，流体由右边进入，因上出口不通，就从下出口流出。当转动手柄4，使阀门2旋转180°时，则下出口不通，就改从上出口流出。还可以调节出口处的大小，还可以调节出口处的流量。

4	HXF-01-04	手柄	1	
3	HXF-01-03	锁紧螺母	1	
2	HXF-01-02	阀门	1	
1	HXF-01-01	阀体	1	
序号	代 号	名 称	数量	备 注

标记	处数	分区	更改文件号	签名	日期				
设计						阶段标记	重量	比例	
校对									换 向 阀
审核		标准化							HXF－01－00
工艺		批准				共 张	第 张		

7	HXF-01-05	填料	1	
6	GB/T6170-2000	螺母M8	1	
5	GB/T93-2000	垫圈8	1	

· 176 ·

模拟试卷（三）

一、根据两个已知投影，画出第三投影。（10分）

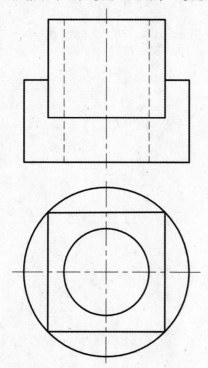

二、根据两个已知投影，画出第三投影。（10分）

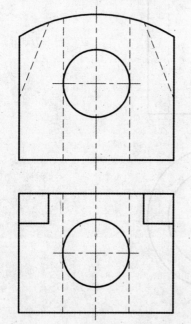

三、完成立体的左视图。（10 分）

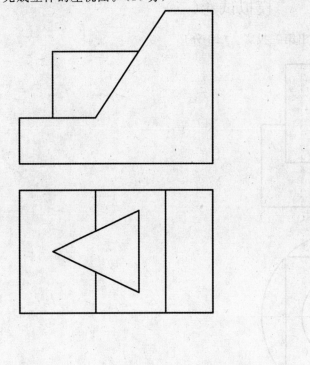

四、补画左视图。（15 分）

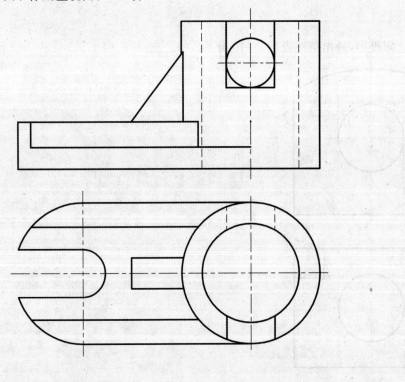

五、在下方空白处画出正确的螺栓连接图。（10分）

注：六角头部分可用简化画法。

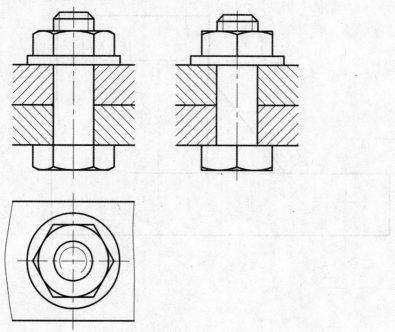

六、将主视图作全剖。（15分）

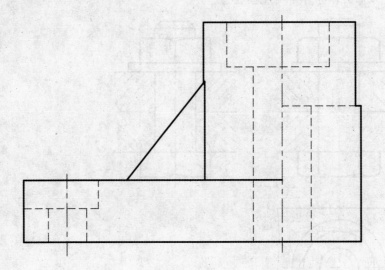

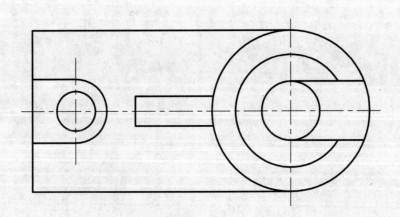

七、在右边将主视图画成全剖视图。（15分）

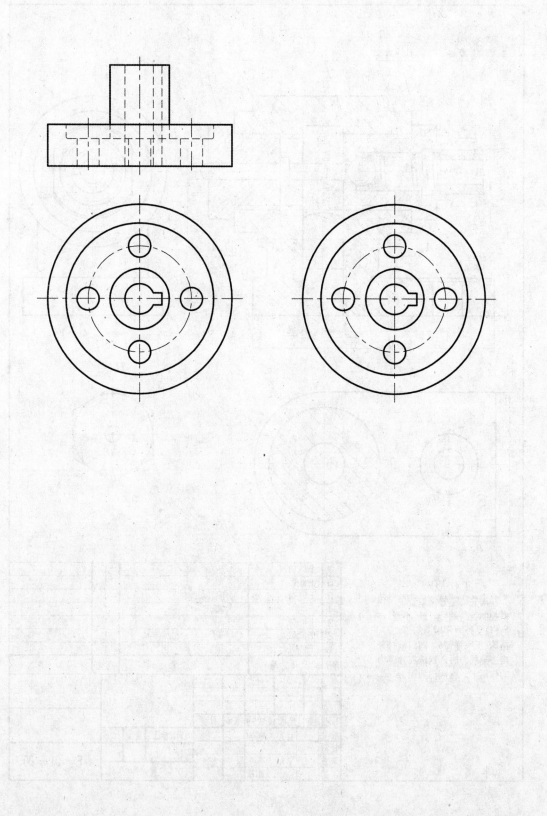

八、看懂装配图,拆画 3 号零件图。(15 分)

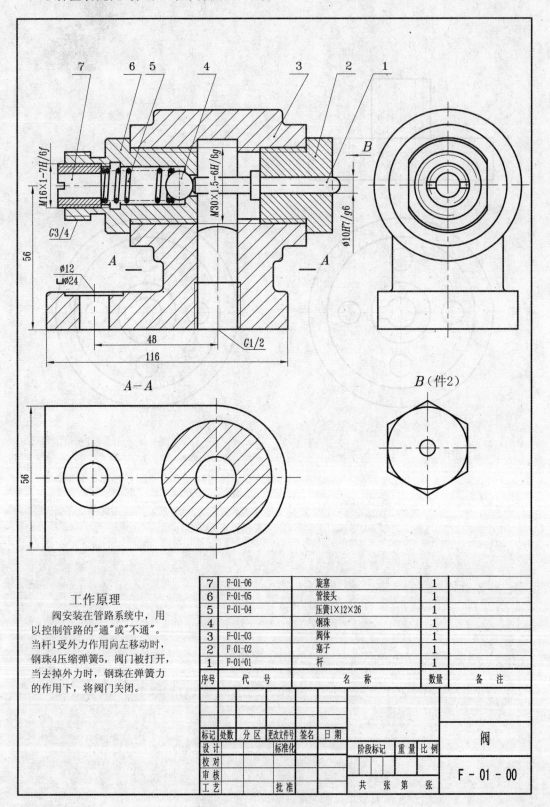

A-A

B(件2)

工作原理

　　阀安装在管路系统中,用以控制管路的"通"或"不通"。当杆1受外力作用向左移动时,钢珠4压缩弹簧5,阀门被打开,当去掉外力时,钢珠在弹簧力的作用下,将阀门关闭。

7	F-01-06		旋塞		1	
6	F-01-05		管接头		1	
5	F-01-04		压簧1×12×26		1	
4			钢珠		1	
3	F-01-03		阀体		1	
2	F 01-02		塞子		1	
1	F-01-01		杆		1	
序号	代　号		名　称		数量	备　注

标记	处数	分区	更改文件号	签名	日期				阀
设 计			标准化			阶段标记	重量	比例	
校 对									F-01-00
审 核									
工 艺			批准			共　张	第　张		